# Tootoo

Warren Chetham-Strode

# *Tootoo*

## Immer das letzte Wort

Deutsch von Willhelm Höck

Illustrationen von Sheila Hawkins

edition tieger

Ting, Thai und Tootoo
gewidmet

Die Deutsche Nationalbibliothek verzeichnet diese Publikation in der Deutschen Nationalbibliografie; detaillierte bibliografische Daten sind im Internet über http://d-nb.de abrufbar.

Nach der Originalausgabe von 1958 *Three Men and a Girl*


Coverbild: Istock.com
Design: Sigrun Bönold

ISBN 978-3-86671-063-4
edition tieger
Imprint der Autorenhaus Verlag GmbH

Umwelthinweis:
Dieses Buch wurde auf chlor- und säurefreiem Papier gedruckt.
Druck und Bindung:
Westermann Druck Zwickau
Printed in Germany

# Inhalt

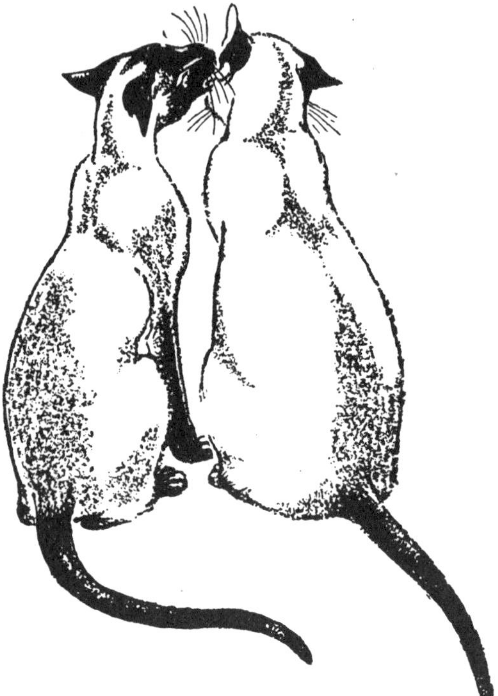

# Frauen

»Beim Himmel«, rief er,
»es ist ein Mädchen.«
(Bedeutende Zeile, aus einem beliebigen Roman)

Das Haus der Warrens – vor zweihundert Jahren hatte es hier nur drei Hütten gegeben – stand am Rand der Marsch, etwas mehr als einen Kilometer von dem mittelalterlichen Städtchen Weet entfernt. Es war ein vierschrötiges, untersetztes Haus mit einem Dach aus roten Ziegeln, zwischen denen sich Moos angesetzt hatte. An seiner einen Seite stieg der Garten zu einer hohen Böschung an, die im Frühjahr gelb und purpurn von Narzissen und Krokussen leuchtete und im Sommer ein loderndes Meer vielfarbiger Lupinen bildete. Der übrige Teil des Gartens zog sich längs der Straße hin, eine hohe Hecke jedoch schützte seine Stille und Behaglichkeit. Daher konnte Mary Warren im Sommer sonnenbaden, wann immer die Sonne schien und ungesehen von allen Autofahrern, die ihr Tempo verlangsamten, um den Anblick mehr zu genießen – nicht den Anblick von Mary Warren natürlich, sondern den der Antoine-de-Juanville-Rosenhecke neben dem weißgestrichenen Lattenzaun und der Albertinen, die in Büschen vor den Hauswänden blühten.

Charles Warren, Marys Mann, verbrachte die meiste Zeit zu Hause. In seinem Zimmer im ersten Stock schrieb er Bücher, die teils erfolgreich, teils nicht so sehr erfolgreich waren, und Theaterstücke. Von seinem Fenster aus konnte er über die Marsch hinwegsehen bis zu den Dünen, die das Meer aufhielten, und er konnte das Sonnenlicht über den Dächern von Weet flimmern sehen oder den Regen, der auf die Dächer von Weet prasselte. Und manchmal, wenn der Nebel aus der Marsch aufstieg, konnte er die Dächer von Weet auch gar nicht erkennen. So hatte er nur selten, wenn er aus seinem Fenster blickte, eine Aussicht, die zu betrachten nicht lohnte. Es gab eigentlich immer etwas, was er sehen, oder etwas, was er nicht sehen konnte und was das Leben interessant machte.

Auf der anderen Seite der Straße stand die Scheune, aus der Mary eine Ferienwohnung zum Vermieten gemacht hatte, und auf dem Feld hinter der Scheune hütete ein Bauer Schafe.

Charles' letzter Roman, der von einem Mädchen handelte, das auf der Marsch lebte und Schafe hütete – die Idee dazu war ihm wie von selber gekommen – dieser Roman verkaufte sich in Amerika sehr gut, und Charles fühlte sich befriedigt und glücklich – vor allem deshalb, weil an diesem Morgen ein Dollar-Scheck eingetroffen war.

Charles legte, als er den Scheck gegengezeichnet hatte, die Feder beiseite und sah aus dem Fenster, um die Schafe zu zählen. Das tat er häufig – genau gesagt: immer dann, wenn er nicht wusste, was er tun sollte, oder wenn er seine Abrechnungen völlig durcheinandergebracht hatte. Er fühlte, dass es seinen Geist besänftigte.

Drei Schafe verschwanden eben hinter der Scheune, und deshalb gab er das Zählen für den Augenblick auf, um mit seiner neuen Schreibmaschine zu spielen, die er vorige Woche in London gekauft hatte und die ihm herzliches Vergnügen bereitete – vor allem, weil sie ein weißes Dollar-Zeichen auf der schwarzen Tastatur besaß. Diese Taste schlug er einige Male hintereinander an. Etwa so:

$ $ $ $ $ $ $ $

Das machte sich sehr gut, und Charles begann, einen Brief an seinen Bankdirektor zu schreiben.

»Lieber Mr Moneypenny«, schrieb er – denn er pflegte stets persönlich an den Bankdirektor zu schreiben, dessen Name vergnügte Gedanken in ihm auslöste. Charles unterbrach den Brief, bückte sich und streichelte seine zwei Siamkatzen, die Ting und Thai hießen und sich vor dem elektrischen Heizofen ausgestreckt hatten. Und da seine Aufmerksamkeit nun einmal von dem Brief abgelenkt war, kam er aufs Schafezählen zurück, das er, wie immer, mit lauter Stimme ausführte: »Vier«, begann er, »sechs – neun – zehn – zwölf – eins im Graben: dreizehn – zwei grad über den Zaun gesprungen: fünfzehn – nein, schon vorher mitgezählt gewesen: immer noch dreizehn – achtzehn – neunzehn – eins kratzt sich den Buckel an einem Baum: zwanzig.« Dann hielt er inne und wandte sich erneut seinem Brief zu.

»Ich schließe«, tippte er, »einen Scheck über 1000 $ bei.«

Das musste, wie ihm deutlich vor Augen stand, Mr Moneypenny erschüttern. Nichts mehr jetzt von diesen flüchtigen Kontokorrentblicken, wenn sie in der Hauptstraße von Weet aneinander vorbeigingen. Nun besaß er ein begründetes Anrecht auf ein Festkontolächeln eigentlich schon von einer Verbeugung begleitet, die sich Mr Moneypenny normalerweise für den reichen Jerry Ponsonby vorbehielt.

Während Charles über die Fortsetzung seines Briefes nachdachte, kam seine Frau ins Zimmer.

»Bist du beschäftigt, Liebster?«, fragte sie. Unglücklicherweise erfuhr Mary jedoch nie, ob ihr Mann beschäftigt war oder nicht, denn in den zehn Jahren ihres Ehelebens hatte sie nicht ein einziges Mal eine Antwort auf jene Frage abgewartet. Auch diesmal fuhr sie im selben Atemzug fort: »Aldous Huxley sagt im Vorwort zu dem Buch, das ich gerade lese, dass er den Unterschied zwischen ihren Rufen nach Wasser und ihren Rufen nach Fressen erkennen könne.«

»Ja. Und was soll das?«

»Aber ich kann noch mehr erkennen als nur das – viel mehr. Hör doch auf zu tippen und hör mir zu, Charles, denn das ist schrecklich interessant.«

In diesem Augenblick hob Ting gähnend den Kopf. Er hatte diese Frau jene Behauptung schon einmal aufstellen hören, und das langweilte ihn. Er war ein acht Jahre alter Kater – oder hatte, am Menschenalter und dessen Lebenserwartung gemessen, seinen sechsundfünfzigsten Geburtstag bereits hinter sich, war also keineswegs geradezu alt, aber doch auf seine Art und gemäß seiner Lebensanschauung durchaus gesetzt. Sein abendlicher Platz war die Armlehne von Marys Sessel, von wo aus er, wenn er einen ärgerlichen Luftzug spürte, in ihren Schoß hinuntersteigen, ihre Zeitung oder ihr Nähzeug beiseite schieben und sich bequem einrichten konnte. Thai dagegen, drei Katzenjahre jünger als Ting, zog des Abends die Rückenlehne von Charles' großem Ohrensessel vor, jederzeit bequem in der Lage, auf Charles' Schulter zu gleiten, wenn ihm nach engerer Gemeinschaft zumute war. Und während man Ting nie dazu bewegen konnte, ein Badezimmer zu betreten, pflegte Thai jeden Abend gegen halb sieben Uhr auf dem Treppenabsatz zu sitzen und zu warten, um Charles zu seinem Bad vor dem Abendessen zu begleiten. Er liebte es, am Rand der Wanne auf der Seite des Abflusses und der Hähne zu hocken und die Vorfälle des Tages zu bedenken, gelegentlich auch eine Pfote ins Wasser zu stecken, um vielleicht den Schwamm zu angeln. Aber er weigerte sich aus Anstand, Marys Badezimmer zu betreten. Ein nackter Mann – was war schon daran? Aber eine Dame – nein, niemals: Thai war ein den guten Sitten verpflichteter Kater.

Als er jetzt Ting gähnen hörte, wachte er auf, und indem er seine Vorderbeine wohlig ausstreckte, drückte er seine gespreizten Krallen in das weiche Fell von Tings Bauch. Da er dies fühlte, sagte Ting etwas mit sanfter, klagender Stimme – ein bisschen zischend vielleicht, aber doch fast wie Italienisch klingend.

»Hast du das gehört?«, fragte Mary aufgeregt.

Charles ergriff ihre Hand, vorsichtig und schmeichelnd, wie man es etwa bei einem Patienten in einem Nervensanatorium tut: »Was hat er gesagt? Du kannst es mir sagen!«

»Er hat gesagt, und zwar ganz klar und deutlich: *Bitte, nimm deine Krallen von meinem Bauch weg.* – Schau mich doch bitte nicht so an. Ich habe es ganz richtig gehört. Und wenn du nur genau zuhören und dabei natürlich deinen Verstand gebrauchen wolltest, kämst du auch schnell der Sache auf den Grund.«

Sie unterbrach sich und sah zu Ting hinunter. »Wenn Aldous Huxley es kann, warum kannst dann du es nicht? Wenn du nur etwas Aufmerksamkeit aufbrächtest, wäre es gar nicht kompliziert, weil sie doch nie aufhören zu reden.«

»Ich weiß. Deswegen liebst du sie auch so. Ihr habt vieles miteinander gemein.«

»Du brauchst wirklich nur zuzuhören«, wiederholte Mary mit Nachdruck. »Versuch, ihre Sprache zu lernen. Wenn ich es kann, bitte, warum kannst dann du es nicht?«

Sie bückte sich und streichelte Tings Ohren. »Und wenn du Französisch kannst – sogar sehr gut, und nur dein Akzent ist jämmerlich – warum kannst du dann nicht Siamesisch lernen?«

»Bist du sicher, dass es Siamesisch ist, was sie sprechen?«

»Aber ja – wahrscheinlich natürlich nicht gerade reines Siamesisch, aber doch eine Art siamesischen Dialekts.«

»Du meinst natürlich nicht Siamesisch, sondern Siamisch, und das macht einen Unterschied für einen Menschen mit feinem Sprachgefühl.«

Mary überhörte die Bemerkung und wollte ein Blatt Papier aufheben, das auf dem Fußboden lag.

»Nein, bitte nicht!«, widersetzte sich Charles. »Diese Papiere liegen aus einem ganz bestimmten Grund hier.«

»Und aus welchem Grund?«

»Weil ich sie gern auf dem Boden liegen habe.«

Ting sah Thai an. »Lächerlich«, sagte er, indem er seine Barthaare so zupfte, dass sie sich, bevor sie wieder zurückschnellten, vor seiner Nase berührten. »Lächerlich! Zu sagen, sie könnte unsere Sprache verstehen!«

»Stell sie doch einmal auf die Probe«, schlug Thai vor.

Ting richtete ein Paar leuchtend blaue Augen auf Mary. »Das nächste Mal bitte Seezunge, nicht wieder Hering.«

»Hast du das gehört?«, rief Mary. »Er hat darum gebeten, und zwar ganz deutlich, den Ofen auszumachen.«

»Du meinst, dass ich an einem warmen Tag nicht heizen sollte?«

»Nicht im Geringsten. Ich habe ihre Sprache jetzt sieben Jahre lang studiert. Ich beherrsche sie.«

»Zum ersten Mal in meinem Leben«, sagte Charles, während er den Ofen ausschaltete, »zum ersten Mal in meinem Leben lerne ich eine Katze kennen, die eine Wärmequelle ausgestellt haben möchte.«

Als er sich erhob, sagte Ting zu Thai: »Gehen wir ins Wohnzimmer hinunter, dort ist ein Kamin an.« Nebeneinander schritten sie hinaus, die Schwänze hoch erhoben, die Körper mit geschmeidiger Würde bewegend und in den Gesichtern einen Ausdruck erheblichen Beleidigtseins.

Einige Tage später saßen die Warrens in dem kleinen Wohnzimmer, das sie zu benützen pflegten, wenn sie allein waren – ein Zimmer, das kleiner war als der Salon und auch gemütlicher, weil es niedriger war. Charles legte seine Pfeife weg und schob die Abendzeitung beiseite.

»Dieser Scheck aus Amerika«, meinte er beiläufig, »was sollen wir damit anfangen?«

»Davon leben natürlich. Was sonst?«

Sie ließ ihr Strickzeug auf die Knie sinken. »Was, hast du gedacht, sollen wir damit machen?«

»Ich dachte, wir sollten etwas davon für etwas ausgeben. Weiter nichts. Es ist so dumm, das Geld Monat um Monat für Lebensmittel auszugeben.«

»Etwas fürs Haus, meinst du?«

»Ja. Nein – das ist meist doch nur etwas für die Küche. Ich würde gern etwas für dich kaufen – um es eben zu feiern.«

Er nahm seine Abendzeitung wieder auf und legte sie, als ob es sich eben so ergeben hätte, auf die Knie. Mary war von seinem Angebot gerührt.

»Ach, Liebster, Charles!«, rief sie, »das ist ganz reizend von dir. Aber solang Nicholas und Sandra in die Schule gehen, sollten wir, glaube ich, kein Geld für uns ausgeben.«

Charles zündete seine Pfeife wieder an. Er wusste genau, was er seiner Frau kaufen wollte – ganz genau. Die Frage war nur, wie er es ihr beibringen konnte, ohne sie merken zu lassen, dass er selbst auch daran Interesse besaß. Es war etwas anderes, als wenn er ihr einen neuen Hut kaufte – ein Geschenk, das für ihn völlig nutzlos war – es sei denn, der Hut machte ihn stolz, wenn er Mary damit sah. Und er erinnerte sich, wie er sie letztes Weihnachten mit einem Fernsehapparat überrascht und dabei selbst gar kein Interesse an dem Apparat gehabt hatte. Das war wirklich das Letzte gewesen, was er sich gewünscht hätte, aber er hatte gewusst, dass Mary gar zu gern einen solchen Apparat besessen hätte. Doch irgendwie hatte sich der Geist hinter dem Geschenk verfälscht, denn seit es da war, hatten Charles' Augen sich daran verfangen, und während der Wimbledon-Übertragungen hatte er sechs Tage lang nichts gearbeitet – nicht einmal am Vormittag. Nein, nein: Er musste diesmal klar zu erkennen geben, dass es allein ihr Geschenk sein sollte und dass sein Motiv dafür nur seine großzügige Zuneigung ihr gegenüber war – und allein und nur ihr gegenüber.

Aber wie? Mary war misstrauisch, und diesen Charakterzug lehnte er entschieden ab. Die Menschen sollten Geschenke demütigen und dankbaren Geistes entgegennehmen und nicht nach Motiven Ausschau halten.

Nach einigen Minuten Nachdenkens beschloss er, die Sache ganz vorsichtig einzufädeln, und seine Augen nahmen einen fernen, Jahre überblickenden Ausdruck an. »Ich glaube«, begann er, »dir fehlt irgendetwas Junges im Haus. Meinst Du nicht auch?«

»Meinst du die Kinder? Um ganz aufrichtig zu sein: Ich fühle mich immer ziemlich erleichtert, wenn sie wieder ins Internat fahren. In den Ferien habe ich sie dann um so lieber.«

Charles merkte, dass er mit dem falschen Fuß losmarschiert war. Er musste noch einmal ansetzen:

»Ich dachte an etwas, das viel jünger ist als die Zwillinge, viel, viel jünger.« Und er schloss an seine Bemerkung ein etwas nervöses Lachen an.

Mary musterte ihn einen Augenblick lang hell erstaunt. Sie wusste, dass Männer plötzlich von den seltsamsten Ideen befallen werden können – aber diese musste sie ihm augenblicklich und gründlich austreiben.

»Charles, unsere Zwillinge sind jetzt neun«, sagte sie mit allem Nachdruck. »Und ich habe sie sehr, sehr gern. Aber ich möchte wirklich keine neue Familie mehr gründen.«

Charles sah schafsdumm drein – genau wie die Schafe im Feld gegenüber.

»Ach so! Nein, das war nicht ein bisschen meine Idee – nicht im Geringsten.«

»Was hast du dann damit gemeint: dass in diesem Haus etwas Junges fehle?«

»Ja, nun ...« Charles zögerte. »Eine Frau braucht etwas Junges um sich, das weißt du doch auch. Und ganz besonders eine Frau wie du. Es ist der natürliche mütterliche Instinkt.«

Mary beschloss, das Gesprächsthema zu wechseln – eine Sache, die sie oft tat. Das hatte geholfen, in ihrem Haus zehn Jahre lang Glück und Frieden zu erhalten, und Mary war stolz auf ihr Taktgefühl.

»Wann fährst du morgen nach London?«, erkundigte sie sich leichthin.

Charles wusste, dass es jetzt oder nie geschehen musste. »Um viertel zehn. Ich habe mit meinem Agenten ausgemacht, dass wir uns am Vormittag treffen. Danach habe ich nichts weiter vor.«

Er raschelte mit der Zeitung und fuhr dann fort: »Jede Frau, jede Mutter, meine ich, hört gern das Tappen kleiner, zarter Füße.«

Seine Bemerkung rührte etwas in Mary an – aber keineswegs mütterliche Gefühle.

»Das ist sentimentaler Unsinn«, sagte sie heftig. »Jede halbwegs vernünftige Mutter möchte gern die Familie haben, die sie haben möchte, und nicht mehr.«

Charles sah in die Zeitung, und seine Stimme klang ganz gleichgültig-beiläufig, als ob er die Notiz eben erst gelesen hätte.

»Hier steht«, sagte er, »dass die Siamkatzenausstellung morgen Nachmittag geöffnet ist. Ich glaube, ich sollte einmal dort vorbeisehen.«

Es gab eine Pause, und nichts war zu hören als erneut das Rascheln der Zeitung. Als Mary wieder sprach, klang ihre Stimme sehr leise, und etwas Drohendes lag darin: »Was hast du nun eigentlich vor?«

»O nein, es ist nicht meinetwegen. Ich bin völlig mit unseren zweien zufrieden. Ich habe nur an dich gedacht.«

»Charles«, sagte Mary kalt, »du lügst. Und du weißt, dass es dich sechs Pfund kostet – mehr sogar noch, wenn es eine prämiierte Katze ist.«

»Das ist es mir wert«, antwortete er, »wenn ich an die Freude denke, die es dir machen wird. Und ich kann mir vorstellen, dass du diesmal ein Mädchen möchtest.«

Einen Augenblick lang dachte Charles, er hätte sein Ziel verfehlt, aber Mary war an ihn gewöhnt. Sie erinnerte sich an den Fernsehapparat.

»Was ich an dir liebe«, sagte sie, »ist deine völlige Selbstlosigkeit. Etwas zu schenken, was du selbst verabscheust – das ist doch eine wundervolle Geste.« Sie stand auf und küsste ihn.

»Liebster, ich fände ein Mädchen einfach himmlisch. Komm mit und plaudere noch etwas mit mir in der Küche, während ich das Abendessen richte.«

Keiner von beiden bemerkte, als sie aus dem Zimmer gingen, Ting und Thai. Sie saßen bolzengerade vor dem Kaminfeuer, die Vorderpfoten auf die niedrige Ziegeleinfassung gelegt. Ihre Ohren standen nicht aufrecht, wie es sich gehörte, sie hatten sie vielmehr zurückgelegt, als ob sie eine üble Neuigkeit erfahren hätten – und das war in der Tat der Fall.

Tings Fell sträubte sich wellengleich seinen Rücken entlang und bildete eine regelrechte Krause um seinen Halsansatz. Er blinzelte zweimal mit den Augen, ehe er sprach.

»Hast du das gehört! Ein Mädchen!« Er zog die Mundwinkel zurück und hinunter.

»Ach«, stöhnte er und: »oh«. Und schließlich setzte er hinzu: »Ich glaube, mir wird schlecht.«

Thai, der vorbildliche Manieren hatte, widersprach: »Bitte, nicht hier. Auf alle Fälle ist der Salon ein viel geeigneterer Ort dafür. Wir benutzen ihn sowieso nicht oft. Aber sie!«

Ihre Einstellung weiblichen Artgenossen gegenüber hatte gute Gründe für sich und braucht hier nicht im Einzelnen erklärt zu werden. Es genügt, darauf hinzuweisen, dass ihre Gefühle in dieser Hinsicht völlig neutral waren. Für diese sogenannten Damen oder Mädchen hatten sie gar nichts übrig – ohne deswegen gleich Abneigung zu empfinden. Sie wurden einfach durch jene Sache irritiert, die ihnen wie eine unersättliche Schaustellung von Liebesbezeigungen vorkam, wie sie, in ihren besonderen Umständen, keiner von ihnen beiden zu bieten vermochte. Beide hatten das in ihrer Jugend wohl erlebt, aber jetzt kam es ihnen unsäglich primitiv vor.

Ting erinnerte sich an seine Mutter. Sie stammte aus einer sehr guten Familie, und ihre Hochzeit mit dem großen Ajax, der seinerzeit drei erste und zwei zweite Preise gewonnen hatte, war ein bedeutendes gesellschaftliches Ereignis jener Tage gewesen. Und Ting war stolz auf seinen Vater.

Aber seine Mutter – das war eine andere Schale Milch, sozusagen. Sie war wunderschön anzuschauen, aber moralisch durch und durch verdorben. Man konnte sie wohl bis zu einem gewissen Punkt verstehen: Es war eben der Liebeswahnsinn. Aber nie konnte Ting ihr verzeihen, dass sie einmal acht schwarz-weiße Kätzchen im Wäscheschrank zur Welt gebracht hatte. Das war eine Schmach – nicht nur für seine Familie, sondern für die ganze Siamesenart. Und dies war es auch gewesen, was ihn aus dem Haus, einem prachtvollen Haus in Chelsea, vertrieben und ihn zum Zusammenleben mit den Warrens veranlasst hatte.

Und sie nun, denen er glaubte, blind vertrauen zu dürfen – sie wollten ihn hintergehen. Eine Frau! Eine Frau sollte in seinem eigenen Haus wohnen! Und mit keinem Tun und Lassen war etwas dagegen auszurichten!

Er schloss, um die ganzen verdrießlichen Zukunftsaussichten zu vergessen, die Augen und überließ sich dem Schlaf.

# Kindermund

»Auja!«
(Erstes Wort, auch von späteren Premierministern)

Charles verließ den Omnibus am Ende der Victoria Street und ging schräg über Dean' s Yard zum Vincent Square.

Als er die Halle der Royal Horticultural Society betrat und seine Eintrittskarte löste, konnte er durch die auf und zu gehenden Schwingtüren das Murmeln der Katzengespräche vernehmen. Vielleicht und immerhin, dachte er nachsichtig, war doch etwas daran, wenn Mary sich so darauf versteifte, ihre Sprache zu verstehen. Frauen, das hatte er schon immer gefühlt, besaßen einen sechsten Sinn für eine Menge Dinge. Zum Beispiel für Männer ...

Es kam, wie sie sorgsam und eindringlich dargelegt hatte, vor allem darauf an, mit Verstand zuzuhören. Er musste nur auf den Tonfall achten. Das war es: auf die Modulationen. Warum sollte nicht auch eine Katze, wenn sie eine Frage stellte, ihre Stimme beim letzten Wort heben? Menschliche Wesen taten es ebenfalls. Es stellte sich als viel einfacher heraus, als er sich eingebildet hatte. Und es war ein angenehmer Gedanke, dass er, Charles, im Begriff war, noch ein weiteres Interesse mit seiner Frau zu teilen, das wie alle anderen dazu angetan war, die eheliche Gemeinsamkeit zu festigen.

Die ersten fünf Minuten verbrachte er damit, zwischen den ausgestellten Siamesen hin und her zu gehen. Im Übrigen hielt er sich nur bei einigen ausgewählten auf, aber es war schwer zu entscheiden, ob sie zu wohlgeboren waren, um ihn ohne standesgemäße Vorstellung anzusprechen. Kein Angehöriger des königlichen Geblütes antwortete auf seine freundlichen Worte, und einer, ungeachtet seines langen Stammbaums, zischte sogar. Es war sehr enttäuschend. Charles hätte sich so gefreut, zu Mary heimkehren und berichten zu können – ganz aufrichtig und wahrheitsgemäß – er hätte den zweiten Preisträger eine eindeutige Feststellung über den menschlichen Preisrichter abgeben hören. Etwa so: »Ich glaube, der Kerl hat etwas von einem Stinktier an sich – oder nicht?« Irgendetwas von dieser Art. Aber als er den zweiten Preisträger ansprach und die Hand durchs Gitter steckte, um ihm die Ohren zu kraulen, bekam er nur einen Kratzer ab.

Dann zog eine Frau, offensichtlich eine Ausstellerin, seine Aufmerksamkeit auf sich. Sie trug ein hübsches Tweedkostüm und hatte jenes geschmeidig katzenhafte Wesen, das Katzenhalter nach jahrelangem Züchten und Ausstellen annehmen. Ihre Augen standen etwas schräg, und ihr Teint war isabellfarben. Charles warf einen raschen Blick auf ihre Hände, um zu sehen, ob sie schwarz wären, aber sie trug Handschuhe. Er lüftete höflich den Hut.

»Erfolg gehabt?«, fragte er.

»Hm – nicht recht«, erwiderte sie. »Nicht das, was ich Erfolg nenne. Aber ich fürchte, der Preisrichter kennt nicht den Unterschied zwischen einer Siamkatze und einer ordinären getigerten.«

Das lange Zusammensein mit den königlichen Katzen von Bangkok hatte einen deutlichen Einfluss auf ihre Stimme ausgeübt. Wie schade!, dachte Charles, dass das nicht eine Katze gesagt hat. Es wäre genau das gewesen, worauf er gehofft hatte. Aber vielleicht war sie eine Katze – eine von denen, die ihre Gestalt gewechselt haben. Doch nein, alles, was recht war: Er durfte jetzt nicht seine Phantasie wild durchgehen lassen.

Die Frau fuhr mit gedehnter Stimme fort: »Haben Sie Interesse an Siamesen?«

»Ja, doch, sehr. Ich habe schon zwei daheim. Beide mit seehundschwarzen Abzeichen.«

Die Frau trat ein wenig beiseite, so dass Charles ein hübsches Tier in dem Käfig hinter sich sehen konnte. »Rama Pajama ist blaugezeichnet«, sagte sie, und ihr Tonfall verlor etwas an Interessiertheit. »Und dort drüben – nein, nicht dort – habe ich zwei Schokoladenbraungezeichnete. Einer davon bekam eine lobende Erwähnung.«

Charles hielt an seiner Meinung fest: »Ich mag Schwarzgezeichnete am liebsten.«

Die Frau blies eine Wolke Zigarettenrauch in die Luft. »Ganz im Ernst, ich bin davon überzeugt, dass Sie einen unverzeihlichen Fehler begehen. Blaugezeichnete sind wirklich moderner. Sehen Sie doch dieses göttlich weiße Fell an und diese entzückenden Ohren! Züchten Sie übrigens selbst?«

Charles wollte ihr eben von seinen Zwillingen erzählen, als er sich noch rechtzeitig unterbrach. »Sie meinen Katzen? Nein. Meine beiden sind geschlechtslos. Ich bin nur gekommen, ein Katzenmädchen zu kaufen.«

Die Frau fuchtelte mit ihrer Zigarettenspitze hin und her. »Junge Kätzchen finden Sie dort drüben in der Kinderabteilung. Hier gibt es nur ausgewachsene Kater. – Leben Sie wohl, und guten Erfolg!«

Charles wanderte durch den Hauptkorridor zusammen mit allen anderen Menschen, die sich jetzt etwas zerstreuten, da die Prämiierung vorüber war. Dann blieb er neben einem Käfig stehen, aus dem ihm acht schwarze Gesichter entgegenblickten – jedes mit leuchtend blauen Augen, langen, zuckenden Barthaaren und spitzen Ohren. Die geschmeidigen Körper purzelten verspielt übereinander und durcheinander.

»Aus welcher Familie stammen sie?«, fragte Charles die Besitzerin und setzte eine fachmännische Miene dazu auf. Die Frau stellte die Katzenmilch beiseite, die sie eben in ihren eigenen Tee gießen wollte, und wandte ihre volle Aufmerksamkeit den Verkaufsaussichten zu. »Ihre Mutter ist Prestwick Furry Paws«, sagte sie stolz, »die im vergangenen Jahr einen ersten Preis gewonnen hat, und ihr Vater ist Pagan Brahma, der vor zwei Jahren zur besten Katze der Ausstellung erklärt wurde. Dieser Wurf hier hat eben einen zweiten Preis gewonnen. Es sind fünf Buben und drei Mädchen.«

»Ich suche ein Mädchen«, erklärte Charles.

Die Frau schloss den Käfig auf und holte ein Kätzchen aus dem pelzigen Gewirr.

»Wie wär's mit der? Sie hat ein liebenswürdiges Wesen – wirklich liebenswürdig – nein, nein, Liebling, beiß mich nicht! Sie heißt Prestwick Tania.«

Charles nahm ihr das Kätzchen ab und drückte es fest gegen seine Brust, denn so wollen Siamkatzen gehalten sein.

Diese Rasse hatte es ihm schon angetan, als er noch ein Junge war, und obwohl er auch gewöhnliche Katzen gern hatte, standen sie ihm doch nicht so nahe wie gerade diese. Plötzlich sich zu verlieben, ist ein köstliches und aufregendes Erlebnis, und Charles hatte es jedes Mal, wenn ein Paar dieser blauen Augen in seine blickte; und wenn er merkte, dass seine Liebe erwidert wurde, war er auf der Stelle im siebenten Himmel. Zudem befriedigte ihn das Bewusstsein, dass er ein Geschenk für Mary hatte, das sie sich tatsächlich wünschte.

Prestwick Tania begann zu schnurren, während sie ihren Kopf an seinen Fingern rieb. Charles spürte, wie seine Knie weich wurden. Er wusste, dass er unwiderruflich besiegt war. »Wie viel kostet sie?«

»Die Buben kosten neun Pfund, die Mädchen sieben.« »Kann ich sie sofort mitnehmen?«

»Hm – es wird eigentlich von uns erwartet, dass wir keine Katze vor Ende der Ausstellung weggeben.«

»Aber ich muss meinen Zug erreichen!«

Die Ausstellerin sah sich um, was das Komitee tat. »Es geht schon«, sagte sie. »Aber Sie müssen sie unter den Mantel nehmen. Und wie ist's mit dem Stammbaum?«

»Sie können ihn nachsenden. Ich schreibe meine Adresse auf die Rückseite des Schecks.«

Er erfüllte die Formalitäten, während Tania von seiner Schulter auf ihre Brüder und Schwestern mit königlicher Überlegenheit herabsah. Er gab der Besitzerin die Hand, steckte Tania in die Innentasche seines Mantels und ging zum Ausgang. Und da geschah etwas Seltsames. Eine Stimme, ganz nah bei ihm, sagte: »Heda, Dicker!«

Nun war es Charles nicht gewohnt, Dicker genannt zu werden – weder von Freunden noch von Fremden. Er blieb stehen und sah sich um, aber da war niemand nah genug, der diese Bemerkung hätte von sich geben können. Höchstens eine weißhaarige alte Dame, die durch eine Lorgnette eine blaugezeichnete Siamkatze betrachtete. Doch diesen Verdacht wies Charles sofort weit von sich. Dann erklang die Stimme wieder, diesmal unmittelbar hinter ihm: »Was hast'n unterm Mantel? Wohl 'n Mädchen? Lass mal sehen!«

Es war eine ausgesprochen ordinäre Stimme, und es lag etwas Forderndes in ihr, das Charles aus der Fassung brachte. Er sah den Gang hinunter und blickte hinter die Käfige auf beiden Seiten, aber der nächste Mensch war meterweit entfernt – und die Stimme war unmittelbar neben seinem Ellbogen erklungen! Das einzige Wesen, das nah genug gewesen wäre, war ein schwarzgezeichnetes Siamkätzchen mit einem frechen Zug im Gesicht, das ihn schmeichelnd und herausfordernd ansah. Charles zuckte die Schultern und wollte schon weitergehen, als eine dicke Frau mit einem grünen Hut und einer roten Feder darauf den Gang entlanggerannt kam.

»Entschuldignse«, begann sie im harten Cockney-Dialekt. »Wollen Sie etwas Bestimmtes?«

»Nein, danke.«

»Hab' gerade mit einem von den Züchtern gesprochen, stelle hier zum ersten Mal aus. Gibt eine Menge zu lernen.«

»Ich dachte, jemand hätte mich angesprochen«, erklärte Charles. »Aber ich muss mich geirrt haben.«

»Heda, Alter, lass mal 'n Auge riskieren!«

Die Stimme war ganz deutlich, nur hatte sie einen starken Akzent.

»Ach so! Das erklärt alles: Sie haben mich angesprochen.«

»Ich? Ich habe kein Wort gesagt.« Die Frau unterbrach sich. »Sie meinen wohl das Geräusch da? Das war Tootoo.«

Sie sah in den Käfig neben sich. »Hört keinen Augenblick zu reden auf, der da. Ein waschechter Cockney. Geboren und aufgewachsen in Whitechapel.«

Charles sah das Kätzchen an: Schwarzgezeichnet war es und vielleicht drei Monate alt. »Komisch«, murmelte er. »Sonderbar.«

Die Frau nahm an seiner Bemerkung etwas Anstoß. »Was is'n komisch an ihm? Nichts an ihm, was nicht stimmt. Ich geb' zu, er hat keinen Preis bekommen, aber was macht das? Sie wissen, man kann beim ersten Mal nicht alles erreichen.«

»Gegen ihn habe ich überhaupt nichts gesagt.«

»Das lässt du auch besser, wär' noch schöner!«, sagte eine drohende Stimme.

»Verzeihen Sie, ich habe das nicht verstanden.«

»Ich habe gar nichts gesagt«, antwortete die Frau.

Langsam wurde es zu viel für Charles. Er versuchte, sich an den gestrigen Abend zu erinnern: ein Glas Sherry vor dem Essen, zwei Glas Rotwein zur Mahlzeit, sonst nichts. Hatte er sich in der Ausstellungshalle vielleicht das Katzenfieber geholt? Ob er Fieber hatte?

Er steckte Tania von der einen Brusttasche in die auf der anderen Seite, aber ohne sie Tootoo sehen zu lassen.

Er wollte keine anzüglichen Bemerkungen mehr von ihm hören.

Die Frau fuhr fort: »Er ist von guter Abstammung. Sein Vater war Oriental Silky Tail, der orientalische Seidenschwanz, und seine Mutter war Natascha Patani – sie gewann voriges

Jahr in der Stadthalle von Walthamstow einen zweiten Preis, und dort habe ich sie gekauft. Ich gebe zu, seine Großmutter hatte so etwas von einer Vagabundin im Blut, aber in Natascha kam es nicht zum Vorschein. Sie war in Ordnung.«

Wieder spürte Charles seine Kniegelenke nachgeben – das sichere Zeichen. »Wie heißt er?«

»Sein eigentlicher Name ist Bombay Duck, aber ich nenne ihn kurz Tootoo.«

Charles blickte in den Käfig. Tootoo strich erst mit der einen Pfote über sein Gesicht und dann mit der anderen Pfote. Geradeso, wie wenn ein Hypnotiseur am Werk wäre, dachte Charles, und in seinem Kopf schwamm alles durcheinander.

»Wie viel?«

»Nun, Sir, weil er keinen Preis gewonnen hat – Sie können ihn für sechs Pfund haben. Sie werden sehen, dass er sehr freundlich ist.«

Jetzt wäre Charles vor jedes beliebige Gericht getreten und hätte jeden Eid geschworen, dass er gerade in diesem Augenblick mit dem Rücken zum Käfig stand und der Ausstellerin direkt ins Gesicht sah; genauer: er sah auf ihren Mund, weil ihn die Tatsache beschäftigte, dass sie einen Damenbart hatte; und er hätte geschworen, dass sie in dem Augenblick, da die Stimme wieder erklang, den Mund geschlossen hatte. Selbst wenn sie eine Bauchrednerin gewesen wäre – und das war sie sicher nicht – war es nicht sie, die jetzt sagte: »Los, Chef, riskier es.« Charles riss sich zusammen und wandte sich um. Dann blickte er wieder die Ausstellerin an: »Haben Sie das gehört?«

»Was gehört?«

»Ach – nichts.« Er schwieg eine Weile, während er das Kätzchen ansah, das ihm ebenfalls ins Gesicht starrte. »Ich – ich – ich habe gerade gedacht, ich hätte jemanden sprechen hören. Sonst nichts.«

Die ganze Situation war einfach absurd. Oder war er schwer krank, ohne es zu wissen? Er schrieb einen Scheck aus, riss Tootoos Stammbaum an sich, steckte Tootoo kopfvoran in die Tasche, damit er still wäre und stürzte zum Ausgang.

# Herren

Als Adam grub und Eva spann,
Wer war da der feine Mann?
(Falsches Zitat aus Humes History of England, Bd 1, Kap. XVII)

Es regnete in Strömen, als Charles am Vincent Square nach einem Taxi Ausschau hielt. Tania war durch seinen Mantel geschützt, aber Tootoo, energisch sich dagegen wehrend, dass er kopfüber in der Tasche steckte, hatte sich herumgedreht und sah nun aus Charles' Mantel heraus, wobei sein Kopf triefend nass wurde.

Im Taxi trocknete ihn Charles mit seinem Taschentuch ab – ein bisschen fahrig und nicht sehr gründlich, da er fürchtete, Tootoo könnte etwas sagen. Und als sie an einer Apotheke vorbeikamen, war er einen Augenblick lang nahe daran, hineinzugehen und sich die Temperatur messen zu lassen. Das ganze Erlebnis war schon reichlich verwirrend gewesen. Aber jetzt war Tootoo still und nur damit beschäftigt, dem draußen vorbeiflutenden Verkehr zuzusehen.

Die Heimfahrt in der Eisenbahn brachte ihre eigenen Verwicklungen. Charles hatte den Zug mit knapper Not erreicht und fand sich in einem Abteil zusammen mit einer anderen Reisenden – einer Dame von einigen vierzig Jahren. Er erwartete die üblichen Bewunderungsrufe, das Hätscheln und die Baby-Sprache. Nicht für sich selber natürlich, aber für seine beiden Kätzchen. Doch nichts dergleichen geschah. Im Gegenteil: Als die Dame Tania und Tootoo erblickte, stopfte sie ein Taschentuch in den Mund, und zugleich begann sie, schwer zu atmen. »Katzen machen mich asthmatisch«, stellte sie mit säuerlicher Miene fest.

Charles entschuldigte sich, und die Dame öffnete das Fenster.

Charles dagegen, in der Furcht, eine seiner Katzen könnte hinausspringen, schloss es sofort wieder.

»Möchten Sie nicht in ein anderes Abteil gehen?«, schlug die Dame vor.

»Dieser Wagen hat keinen durchlaufenden Seitengang«, erwiderte Charles. »Außerdem hält er nicht mehr bis Weet, wo ich aussteige. Und ich habe nicht vor, eher auszusteigen.« Dann zog er sich hinter seine Zeitung zurück, um die Börsennotierungen zu studieren.

Tania lag, gemütlich schnurrend, auf seinen Knien. Aber Tootoo war ins Gepäcknetz geklettert und starrte von dort aus die Dame auf dem anderen Sitz an, die ihn ebenfalls starr anblickte. Dann verlor er das Interesse an ihr und blickte zu Tania herunter.

»Heda, Mädchen, wie heißt du?«

Charles hörte ihn nicht. Er war zu sehr davon in Anspruch genommen, zu lesen, wie seine Aktien gefallen waren. Irgendwer in Moskau hatte offenbar irgendetwas ziemlich Blödes gesagt, und das hatte ihn, wie er sich an den Fingern abzählen konnte, etwa vierhundert Pfund gekostet. Nun wusste er endlich, welch niederträchtig schlaue Wege die Russen einschlugen, um die Kapitalisten aus der Welt zu schaffen.

Tania hob den Blick und senkte ihn sogleich wieder sittsam. »Tania«, sagte sie geziert.

»Woher stammst du?«

»Aus der Nähe von Horsham in Sussex.«

»Also eine Dorfkatze. Na ja. Weißt du was über das Haus, in das wir ziehen?«

»Ich habe herausgehört, dass es zwei Herren namens Ting und Thai gehört.«

»Herren – Quatsch. Männer. Siamesen oder ordinäre Mausekater?«

»Siamesen natürlich. – Wie gewöhnlich kannst du noch sein?«

»Ich habe noch gar nicht damit angefangen. Willst du was über meine Oma hören?«

»Nein, danke«, erwiderte Tania.

Die Dame nahm ihr Taschentuch aus dem Mund. »Warum haben sie so scheußliche Stimmen?«

»Gnädige Frau«, antwortete Charles, während er seine Zeitung sinken ließ, »mir klingen ihre Stimmen nicht scheußlich. Mir«, er übertrieb um eine Kleinigkeit, »mir erscheinen sie wie Musik.«

»Welch seltsame Ohren müssen Sie haben.«

Charles überhörte dies geflissentlich und kehrte zu seiner Zeitung zurück.

»Ist es wahr«, fuhr die Dame fort, »dass sie von Affen abstammen?«

»Wenn Sie schon Katzen nicht mögen, gibt es keinen Grund, Ihnen ihre Geschichte zu erzählen.«

»Auf die Entfernung habe ich nichts gegen sie einzuwenden. Fangen Sie nur an.«

Charles wurde etwas freundlicher: Es war immerhin ein Waffenstillstand.

»Die Geschichte der Siamkatzen«, so begann er, »verliert sich im Dunkel des Altertums. Aber es ist doch wahrscheinlich, dass sie von der ägyptischen Katze abstammen; ihre Erscheinung gleicht Katzendarstellungen in ägyptischen Gräbern. Aber die englischen Siamkatzen stammen alle von den Katzen im Königspalast zu Bangkok ab.«

»Wie wollen Sie das wissen?«

»Das erste Paar, das nach England eingeführt wurde, kam 1884 von dort. Es gibt übrigens eine eigene Geschichte dazu.«

»Welche?«

»Man sagt, dass im Königspalast dreihundert Jahre lang die Katzen bei der Geburt ihren Müttern weggenommen und menschlichen Ammen zum Säugen gegeben worden wären. Das könnte ganz einleuchtend ihre angeborene Zuneigung zu menschlichen Wesen erklären.«

Die Dame sah plötzlich so aus, als ob sie krank würde. »Ah« und »uh« stöhnte sie und stopfte ihr Taschentuch wieder in den Mund.

»Ich sehe keinen Anlass, ah und uh zu sagen. Ich kann mir nichts Natürlicheres und Schöneres vorstellen.« Charles musste einsehen, dass es keinen Zweck hatte, noch etwas zu erklären.

Eine herausfordernde Stimme erklang über ihm. »Wetten, du kannst nicht vom einen Gepäcknetz zum anderen springen.«

Tania schenkte diesem ungezogenen Possenreißer keine Beachtung und wandte ihre ganze Aufmerksamkeit einer Fliege zu, die sich auf Charles' Knie niedergelassen hatte. Tania streckte gelangweilt eine Pfote aus. Etwas Weißes, Fahles und Schwarzes schoss plötzlich unter der Decke des Abteils entlang, und als Charles hinaufschaute, sah er Tootoo mit den Vorderpfoten an der Stange des Gepäcknetzes gegenüber hängen. Schwanz und Hinterbeine baumelten über dem Hut der Dame. Sie duckte sich und schrie.

»Nehmen Sie ihn weg! Nehmen Sie ihn weg!«

Aus eigener Kraft zog sich Tootoo mit einer wirbelnden Bewegung völlig hoch. Nun saß er stolz auf dem Koffer der Dame.

»Bitte, ich hab's geschafft«, sagte er.

»Wenn Sie dieses Ding nicht wegnehmen, werde ich den Zug anhalten.«

»Was Sie fünf Pfund kosten wird«, sagte Charles bissig, während er Tootoo packte. Er setzte sich wieder in seine Ecke und drückte Tania an seine eine Seite und Tootoo an die andere.

Für den Rest der Fahrt gab keiner der vier mehr einen Laut von sich.

Am Bahnhof wartete Mary im Auto und überlegte sich, vor dem Steuer sitzend, ob der Neuankömmling wohl sehr schief stehende Augen und deutlich gezeichnete Ohren oder, wie Ting und Thai, eine breite Stirn und ein rundes Gesicht hätte. Dies Letztere wäre wohl, dachte sie, zu bevorzugen.

Als sie Charles hinter dem Beamten an der Sperre auftauchen sah, verließ sie das Auto. Er schien in großer Eile zu sein, denn er rannte.

»Nimm das«, rief er, während er ihr Tania in den Arm drückte. »Ich habe Tootoo verloren.«

»Wen verloren?«

»Tootoo.«

Er rannte zurück auf den Bahnsteig und sah gerade noch, wie der Zug abfuhr.

Mary hielt Tania im Arm und war hellauf entzückt von ihr. Dann setzte sie sie auf eine Decke am Vordersitz des Autos und wickelte sie gut ein. Anschließend ging sie in den Bahnhof, um nach ihrem Mann zu sehen. »Was hat er verloren?«, fragte sie den Beamten an der Sperre. »Irgendjemands Kind?«

»Er sagte, es wäre ein Kätzchen.«

»Aber er hat mir doch das Kätzchen vor ein paar Sekunden gegeben.«

»Ein Kätzchen. Doch. Genauso hat es geklungen.«

Mary ging auf den Bahnsteig hinaus und sah dort Charles mit langen Schritten zum anderen Ende des Bahnhofs laufen, wo er in der Gepäckaufbewahrung verschwand.

»Tootoo!«, rief er – zuerst gegen eine Mähmaschine, dann gegen einen in Filz gewickelten Rosenstock, endlich gegen einen alten Koffer, ein neues Fahrrad und ein Paar Ski – »Tootoo! Tootoo! Tootoo! Tootoo!«

Es kam ihm zum Bewusstsein, wie blödsinnig es klingen musste, wenn ein erwachsener Mann einem Haufen von Gepäckstücken Tootoo! zurief. Aber er beruhigte sich doch rasch wieder mit dem Gedanken, dass er wenigstens nicht Bombay Duck! Bombay Duck! Bombay Duck! rufen musste.

Als er die Gepäckaufbewahrung verließ, traf ihn Mary. »Du hast aber nicht die ganze Ausstellung leergekauft, oder?«

»Ungefähr hier ist er mir von der Schulter gesprungen. Der abfahrende Zug wird ihn erschreckt haben. Gott weiß, wohin er geraten ist. Sieh du in dieser Ecke nach!«

Mary suchte unter den Bahnsteigbänken, hinter der Brückenwaage und zwischen den Kisten, Kästen und Koffern auf den Gepäckträgerkarren. Ein scheußlicher Gedanke kam ihr, und sie blickte auf die Schienen. Sie hatte von Leuten gehört, die flach auf den Schwellen lagen, während ein Zug über sie wegfuhr – und Siamkatzen haben schließlich mehr gesunden Menschenverstand als die meisten Menschen. Aber hier lag nichts außer einer alten Bananenschale. Mary sah nochmals hin: ja, nur eine Bananenschale.

Der Stationsvorsteher, der in der Royal Air Force gewesen war und dem man nachsagte, dass er seinen Schnurrbart anstelle von Signalen benutze, schloss sich den Suchenden an und rief: »Miez! Miez! Miez! Miez!«

»Es hat keinen Sinn, Miez! Miez! zu rufen, Mr Crump. Es ist ein Siamkater, und die antworten nicht auf Miez! Miez! Er heißt Tootoo.«

Vielleicht hatte Mr Crump das Gefühl, dass er einen derartigen Namen nicht vor seinen Gepäckträgern lauthals rufen konnte – jedenfalls verschwand er wieder.

Mary eilte den Bahnsteig entlang, und als sie kehrtmachte, hörte sie einen Schrei, einen langen und ziemlich ärgerlichen Schrei.

»Er ist hier, Charles«, rief sie. »Er ist hier.«

Charles kam angelaufen. »Wo?«

»Hier.« –

»Na, gut. Fang ihn!« –

»Ich kann nicht.«

»Warum nicht?«

Inzwischen war Charles bei Mary angekommen.

»Er sitzt in der Herrentoilette.«

Charles verschwand einen Augenblick lang, und als er zurückkam, hielt er Tootoo im Arm, einen ruhigeren und viel weniger aufgeblasenen Tootoo.

Auf der Heimfahrt fragte Mary: »Was hat dich dazu gebracht, ihn zu kaufen?«

Charles antwortete eine ganze Weile nicht, und Mary wiederholte ihre Frage.

»Ich kann es dir nicht sagen. Irgendetwas zwang mich.«

»Das heißt, die Ausstellerin war sehr attraktiv, wie ich annehme.«

»Überhaupt nicht. Ich hatte eine aufregende Erscheinung.«

»Welcher Art?«

»Ich kann es nicht erklären. Es hatte etwas mit dir zu tun.«

»Wieso mit mir?«

Es entstand wieder eine Pause.

»Ein Mann kann eine überreizte und überspannte Einbildungskraft haben.«

»Welch seltsames Ereignis in einer Katzenausstellung.«

»Nicht im Geringsten. Es kann überall eintreten.«

»Was Männern nicht alles widerfährt! Enorm!«

»Wenn es dir nicht passt, werde ich eben nicht darüber reden.«

Mary blieb, auf Tanias Schnurren hörend, während sie ihre Ohren kitzelte, für den Rest der kurzen Fahrt still.

Und Tootoo saß schmollend am Boden vor den Rücksitzen.

# Königliche Schlacht

Die Krallen in waffenklirrende Leiber geschlagen,
Scheußlicher Missklang – und die tobenden Räder
Rauer, metallener Streitwagen: Schrecklich
War des Streites Getöse.
(Aus dem »Total verlorenen Paradies«)

Mary trug Tania auf der Schulter, als sie die Tür zum kleinen Wohnzimmer öffnete. »Ja, hier sind sie beide«, rief sie Charles zu.

Er folgte ihr ins Zimmer, Tootoo zuerst noch fest an sich haltend, und sagte anschließend: »Setzen wir dic beiden auf den Fußboden und warten wir ab, was passiert.«

Ting, der sich vor dem Kaminfeuer wärmte, drehte langsam seinen Kopf.

»Gleich zwei«, bemerkte er leise zu Thai. »Der Alte ist übergeschnappt.«

Thai weigerte sich, hinzusehen.

»Nimm keine Notiz. Übersieh die ganze Angelegenheit«, sagte er.

Zuerst sah keine der jungen Katzen die beiden Alteingesessenen, und für eine Weile konzentrierten sie ihre ganze Aufmerksamkeit auf ihre neue Umgebung. Tania war völlig in Anspruch genommen von dem weichen Gefühl des Teppichs und von neuen Gerüchen. Ununterbrochen drehte sie schnuppernd den Kopf von einer Seite zur anderen.

Tootoo dagegen, frecher und ohne jeden Minderwertigkeitskomplex, lief schnell an den Wandverkleidungen entlang, beroch die Tischbeine und schärfte, für mögliche spätere Angriffsunternehmungen, seine Krallen an der herunterhängenden Borte eines Sesselbezugs. Dann machte er einen Satz in den Vorhang, und wie ein zuckender fahler Blitz war er oben. Von der Gardinenstange aus inspizierte er das Zimmer unter sich.

»Hast du so was schon gesehen?«, rief er. »Schau nur diese zwei alten Trottel am Kamin an!«

»Ungezogenes kleines Vieh!«, murrte Ting.

Für ein paar Augenblicke blieb es ruhig. Dann sagte Thai: »Müssen wir nicht der Dame guten Abend sagen? Das soll nicht heißen, dass ich es gern tue, aber ich glaube, die guten Sitten verlangen es.« Und er fügte hinzu: »Tu du es, du bist der Ältere.«

Mit Würde – und das war eine Tugend, die ihm niemals abging – stieg Ting langsam auf die gepolsterte Sitzbank, um Tania anzustarren. Denn Anstarren bedeutet unter Katzen, dass man Interesse bekundet, und es gilt nicht, wie unter Menschen, als ungehobelt.

»Guten Abend«, sagte er schließlich, während er seinen Kopf ihr entgegenneigte – sie lag einen Meter entfernt auf dem Teppich.

»P-ffff«, erwiderte Tania augenblicklich. Ihre Mutter hatte sie nämlich dazu erzogen, Herren immer so zu antworten, solang sie nicht ganz sicher wusste, welche Absichten sie hatten.

Die Stimme von der Gardinenstange ertönte wieder: »Bist ein feines Mädchen, Tania – zeig es ihnen nur!«

Ting schloss die Augen, weil er Tanias Antwort nicht für eine gesellschaftsfähige Art der Vorstellung hielt, und um den aufreizenden Ton von der Gardinenstange kümmerte er sich schon gar nicht. An derartiges Benehmen war er nicht gewöhnt.

»Ich dachte, sie sei eine Dame, aber ich habe mich getäuscht«, sagte Thai.

»Wie ist dein vollständiger Name?«, fragte Ting. »Tania – und was noch?«

Diesmal antwortete sie höflich, weil sie stolz auf ihre Familie war. »Tania Prestwick«, sagte sie.

Ein Ausdruck des Interesses kam in Tings Blick. »Tatsächlich? Meine zehnte Kusine achtundzwanzigsten Grades war auch eine Prestwick.«

In diesem Augenblick ertönte aus dem Vorhang ein heiserer Cockney-Laut: »Was gefällig über meine Oma?« Aber niemand schenkte Tootoo Beachtung, und die Unterhaltung schlief ein.

»Sie scheinen miteinander zurechtzukommen«, meinte Charles. »Gehen wir etwas trinken.«

Sie verließen das Wohnzimmer, schlossen die Tür und gingen in die Küche. Unterwegs nahm Charles eine Flasche Sherry aus dem Schrank in der Diele mit. Er schenkte Mary ein Glas ein und sich ebenfalls eines.

»Ich möchte jetzt bloß noch wissen, warum du Tootoo gekauft hast!«, fragte Mary, noch immer voller Neugierde.

Charles nippte an seinem Sherry.

»Mich interessiert«, sagte er, »die Kraft des menschlichen Vorstellungsvermögens. Wenn ich zum Beispiel über die Marsch schreibe, sitze ich oben in meinem Zimmer, meine Schreibmaschine vor mir, aber mein Geist ist in der Marsch.«

»Erzähl mir das von Tootoo. Über die Marsch weiß ich bereits Bescheid.«

Charles seufzte lang und geduldig.

»Das hat etwas mit Tootoo zu tun – wenn du mich nur ausreden ließest, was ich alles sagen will ... Wenn ich also über die Marsch schreibe, spüre ich ihren Nebel auf meinem Gesicht und das Wasser in meinen Schuhen, als ob ich in einen Abwassergraben gerutscht wäre.«

»Willst du mir erzählen, dass du schon wieder in einen Graben gefallen bist?«

»Ich erzähle dir von meinem Vorstellungsvermögen«, sagte Charles betont. »Also, und darauf kommt es mir an, wenn ich mir Örtlichkeiten so deutlich vorstellen kann, dass ich durchaus und ganz und gar dort bin – ist es da nicht denkbar, dass sich die menschliche Phantasie nicht auch andere Dinge vergegenwärtigen kann? Deine Stimme zum Beispiel: Wenn ich in London an dich denke, kann ich dich sprechen hören, während du hier in Weet bist. – Hast du nie etwas vom Unterbewussten gehört?«

»Aber du warst doch in der Katzenausstellung!« Sie unterbrach sich und sah ihn an – ein bisschen beunruhigt. Nun, er hatte einen anstrengenden Tag hinter sich. »Was hast du mit deinem Unterbewussten in der Katzenausstellung getan?«

»Mir ist es ganz klar. Ich habe an dich gedacht.«

Mary wusste nicht, wie sie das aufnehmen sollte. Es konnte ein Kompliment sein; andererseits aber – nein, sie war sich nicht sicher. Es war wohl besser, nichts zu sagen.

»Ich dachte«, fuhr er fort, »über deine Theorie nach. Über die Möglichkeit, ihre Sprache zu verstehen.«

»Ach!«, sagte Mary, und ihr Interesse war augenblicklich hellwach.

»Und deswegen hatte ich das Gefühl, Tootoo hätte mich angesprochen. Es war aber wirklich nur so ein Eindruck, sonst nichts.«

Mary fing an, ein Steak mit einem Pfundgewicht zu klopfen.

»Was sagte er?«

Charles lachte. »Natürlich erscheint das alles jetzt ganz absurd, aber ich dachte, ich hätte ihn sagen hören: ›Heda, Dicker!‹«

Mary sah Charles an: »Warum sollte er nicht?«

»Was soll das heißen? Warum sollte er nicht?«

»Es ist eine ganz alltägliche Grußform – besonders wenn er aus dem Osten Londons kommt.«

»Aber du glaubst doch nicht ...«

»Natürlich glaube ich«, unterbrach ihn Mary. »Hat er sonst noch etwas gesagt?«

Charles trank sein Glas Sherry aus und schenkte sich ein zweites ein.

»Ich hatte das Gefühl – nur ein Eindruck, sonst nichts – ich hätte ihn in ziemlich unverschämtem Ton sagen hören, er würde Tania gern einmal ansehen.«

»Und warum nicht? Das ist doch die natürlichste Sache der Welt – oder?«

»Sei nicht lächerlich, Liebste!«

»Aber hör doch, Charles, sie sprechen tatsächlich, und wir alle wissen das. Für mich ist es interessant zu sehen, dass du offenbar auf ihre Wellenlänge gekommen bist – oder wie du es nennen willst.«

Sie drehte das Steak um und klopfte weiter.

»Ich bin um deinetwillen so glücklich darüber. Es macht das Leben um vieles interessanter.«

»Ich habe ausreichende Interessen, danke. Ich brauche nicht noch einen Nervenzusammenbruch dazu.«

Er trank in einem Zug sein zweites Glas aus. »Und es wäre schön, wenn du mir etwas mehr Sympathie und Verständnis entgegenbrächtest.«

»Was soll das heißen?«

»Es heißt, es ist für mich ganz klar, dass ich zu schwer gearbeitet und dabei die Kontrolle über mein Vorstellungsvermögen verloren habe. – Aber ich werde schon damit fertig werden. Ich komme nicht so weit, dass dieser Unsinn Macht über mich bekommt – wie er offenbar dich in seinen Klauen hält.«

»Aber ich habe doch schließlich keinen Nervenzusammenbruch!«

»Dann sei wenigstens vorsichtig. Es kann jeden Augenblick passieren. Aber ich werde es einfach aus der Welt lachen – genau das werde ich tun.« Und er brach in ein sehr gekünsteltes schallendes Gelächter aus.

Aus dem Wohnzimmer kam ein langer, schriller Schrei – wie von einem gequälten Gespenst. Er stieg an und fiel wieder, jedes Mal anders klingend. Dann erstarb er, und es folgte ein lang anhaltendes Knurren, das wenigstens eine halbe Minute währte.

»Getting to know you«, sang Mary aus *Der König und ich.*

»Gehen wir nicht besser hinein?«, schlug Charles vor. Aber bevor sich einer von beiden noch bewegen konnte, brach jetzt die Hölle los, Schreie und Flüche, die sich zu einem ohrenbetäubenden Geheul steigerten, jagten durch die Diele. Charles und Mary rannten ins Wohnzimmer.

Die vier Katzen, die Ohren zurückgelegt, die Lippen bösartig verzogen, die Schwänze gesträubt wie Flaschenbürsten, hatten sich in die verschiedensten Verteidigungsstellungen geduckt. Tania stand auf dem Bücherregal, Ting auf der Sitzbank neben dem Kamin, Thai unter dem Schreibtisch, halb verdeckt vom Papierkorb. Und in der Mitte des Zimmers, bereit, es mit allen Angreifern aufzunehmen, stand Tootoo auf Zehenspitzen – die Haare auf seinem Rücken über der Wirbelsäule steif wie die Borsten einer Zahnbürste.

Als Charles das Zimmer betrat, hatte er seine Einbildungskraft völlig in der Gewalt. Es kam nur darauf an, aus allem Geschehenen einen Scherz zu machen. Man musste es mit guter Laune und Gelächter kurieren.

»Na, na! Was soll das alles bedeuten?«, wandte sich Mary an Ting. »Wer hat denn dieses Tohuwabohu produziert?«

»Er war's«, sagte Thai und machte eine Kopfbewegung zu Tootoo hin. »Er besaß die Unverschämtheit, an Tings Schwanz zu stoßen.«

»Bloß so zum Spaß doch«, warf Tootoo ein. »Ist was Schlimmes dabei?«

Charles hob etwas vom Fußboden auf. »Schau das Stück Fell an!«

»Ist von mir, Chef, und der grämliche Depp da auf der Bank ist's gewesen.«

»Sie sahen so völlig glücklich aus, als wir sie verlassen haben. »Ich möchte nur wissen, was alles los war«, sagte Mary.

»Aber Tootoo hat es dir doch gerade gesagt. Hast du nicht zugehört?«

Mary nahm Tania vom Bücherregal und tätschelte sie.

»Gib nichts drauf, was Charles sagt, Liebling«, sagte sie. »Er ist etwas albern.«

»Ich bin überhaupt nicht albern. Ich habe alles mitbekommen.«

»Wirklich? Wahrhaftig? Ich habe nicht achtgegeben. Sag doch schon!«, bat sie.

»Also, bitte: Tootoo sagte zu Ting, er hätte ein paar Karten für das Fußballendspiel nächstes Jahr bekommen, aber Ting wurde hochnäsig und erklärte, er zöge Rugby vor. Und zum Henker, das ist Grund genug, eine Rauferei zu beginnen.«

»Und Grund genug, eine Rauferei zwischen dir und mir zu beginnen, wenn du so weitermachst. – Wo ist Tootoo?«

Doch Tootoo blieb verschwunden.

»Jedenfalls«, lenkte Charles ein, »machen sie dir aber doch Freude?«

»Ich bin ganz hingerissen von Tania.« Und Mary kuschelte sie an die Wange.

»Sie gehören beide dir. Mir war's nur darum zu tun, dir etwas zu schenken, was dir Freude macht.«

»Liebster, du bist süß«, sagte Mary und küsste ihn. »Sandra wird außer sich geraten vor Vergnügen. Ich werde ihr gleich morgen schreiben. Ich glaube, Tania schläft heute Nacht am besten hier, oder nicht? Bis sie sich aneinander gewöhnt haben. Und Tootoo auch.«

»Du hast doch eben nur Spaß gemacht, Mary, nicht?«

»Wovon sprichst du?«

Charles lachte. »Natürlich hast du Unfug gemacht. Ich habe sieben Stunden am Tag gearbeitet, und das ist eben zu viel. Somerset Maugham arbeitet nur vier und Tennessee Williams dreieinhalb Stunden täglich.«

»Sprichst du jetzt von dem, was heute Nachmittag geschehen ist?«

»Ja.«

»Ich glaube aber jedes einzelne Wort«, sagte sie.

Charles sah sie an. Dann sagte er: »Wo habe ich die Flasche gelassen?«

»Ich glaube, in der Küche.«

Sie gingen zusammen hinein.

»Ich habe heute früh etwas Fisch gekauft, es ist genug für alle beide, und ich kann mir denken, dass sie hungrig sind.«

Tootoo saß auf dem Küchentisch und leckte seine Pfoten. Mary stellte Tania auf den Fußboden, nahm den Fisch aus dem Kühlschrank in der Speisekammer und stellte den Teller auf die Anrichte.

»Auch gut«, sagte sie vergnügt. »Du und ich, wir werden heute in der Glocke zu Abend essen.«

»In der Glocke? Warum?«

»Weil Tootoo das Steak gefressen hat. Deswegen.«

# Das schreckliche Verbrechen

Das schreckliche Verbrechen, ein junger Mann
zu sein, dessen mich der ehrenwerte Herr
mit so viel Geist und Anstand bezichtigt,
versuche ich weder zu beschönigen noch zu leugnen.
(Tootoo zu Tania über Thai.
Oder Pitts Antwort an Walpole am 6. März 1741)

Katzen sind ihren Gewohnheiten verfallen, und so war für Ting und Thai das Zusammenleben mit den Warrens längst zu einer Routineangelegenheit geworden. Jede Nacht schliefen sie auf ihrem angestammten Platz, einem alten roten Plüschsessel, der neben dem Boiler in der Küche aufgestellt war.

Miss Flock, Marys Zugehfrau, kam jeden Morgen pünktlich um acht, und sowie das Geräusch ihres Schlüssels an der Hintertür zu hören war, pflegten Ting und Thai die Augen zu öffnen, ihre Beine zu dehnen und zu strecken, während sie die Luft erschnupperten, die durch die Tür kam, um die Wetteraussichten des anbrechenden Tages zu erfassen. Die notwendigen Waschungen waren erst später an der Reihe.

Die nächste Aufgabe im Tagesablauf war es, die Treppe hinaufzusteigen und ins Schlafzimmer zu gehen, dessen Tür ab acht Uhr nur noch angelehnt war, da Charles gewöhnlich schon um halb acht aufwachte und las. Ting pflegte geradewegs auf Marys Bett zuzugehen, hinaufzuspringen, mit all seinem Gewicht über ihre Brust zu spazieren und an der Zudecke zu zerren, bis Mary sie etwas aufhob und ihn drunterkriechen ließ. Dann arbeitete er sich ans andere Ende des Bettes vor, richtete sich zwischen Marys Füßen ein und stieß leidenschaftliche und hingerissen-begeisterte Freudenschreie aus.

Thai dagegen brachte es nicht über sich, in jemandes Bett zu gehen. Obendrauf – ja. Aber niemals hinein und unter die Decke. In diesem Punkt hatte er seine eigenen strengen und unverrückbaren Ansichten. Ebenso hatte er sich seine eigene Meinung hinsichtlich des Lesens am frühen Morgen gebildet, das er als schädliche Angewohnheit heftig missbilligte. So betrachtete er es als sein Ziel – und er verfehlte es nie, weil Charles vergleichsweise schwach war – sich zwischen Mann und Buch zu drängen und sich zusammengerollt Charles vors Gesicht zu legen. Derart bedrängt konnte dieser nicht einmal mehr aus den Augenwinkeln sein Buch erkennen, und so hatte er längst den ungleichen Kampf aufgegeben.

So also, jeder in der ihm zusagenden Lage, pflegten die beiden dazuliegen, bis Miss Flock mit dem Frühstück hereinkam. Um Ting wieder aus ihrem Bett zu bekommen, hatte Mary die Sache mit der Morgenmilch eingeführt, und beide, Ting und Thai, sprangen mit einem Satz auf den Fußboden, wenn sie hörten, wie die Milch in ihre Schüssel lief. Das war übrigens das einzige Mal am Tag, dass sie Milch anrührten. Sonst tranken sie Wasser. Wenn sie mit der Milch fertig waren, pflegten sie sich im Winter vor dem Ofen oder im Sommer in einem Fleck Sonnenlicht unter der Frisierkommode niederzulassen.

Nach dieser Ordnung war ihr Leben seit Jahren verlaufen. Aber sie galt nicht an diesem Vormittag – an dem Morgen nach Tanias und Tootoos Ankunft. Charles sah Thai hereinkommen und legte widerstrebend sein Buch beiseite. Aber es geschah nichts. Ting schritt zögernd zu Marys Bett hinüber, setzte sich auf den Boden und sah sie an. Mary, inzwischen selbst zu einem Gewohnheitswesen geworden, schlug die Bettdecke zurück, aber Ting zeigte sich uninteressiert.

Mary sagte später einmal, niemand hätte sie jemals derart im Bett angesehen. Mit Neugierde – gewiss, ja. Aber nie mit so offensichtlichem Missfallen.

Thai starrte Charles lang und streng an, dabei hatte er jenen unbestimmten Ausdruck in den Augen, den ein Bischof bekommt, wenn er in einer Kunstausstellung ein Aktbild betrachtet – im Allgemeinen zwar durchaus kunstinteressiert, aber nicht gerade an diesem Motiv. Daraufhin schritten Ting und Thai zum Ofen hinüber und setzten sich dort nieder: sehr aufrecht und mit sorgsam um die Beine gerollten Schwänzen. Ihre Hinterköpfe erweckten den Eindruck abgründiger Missbilligung.

»Das machen die Kätzchen, glaube ich«, sagte Mary.

»Mir soll's recht sein. Endlich kann ich mein Buch lesen.«

Aber Charles täuschte sich.

Auf der Diele draußen gab es ein Trippeln, und dann war als erste Tania im Schlafzimmer, wo sie Kopf voran über Charles' Pantoffeln stolperte. Tootoo, hinter ihr drein, stürmte unter beide Betten. Dann auf die Frisierkommode und schließlich hinter den Spiegel.

»Mein Gott!«, schrie Mary.

Von der Frisierkommode ging's auf den Lehnstuhl, und endlich, mit einem gleichzeitigen Satz, landeten beide nebeneinander auf der Wäschekommode.

»Grad an meinem Chanel vorbei – ach Charles, ich bekam fast einen Herzschlag.«

»Schau sie an! Sehen sie nicht hübsch aus?« Seine Hand glitt unter die Daunendecke.

»Nicht doch, Charles! Ich mag sie nicht auf den Betten haben.«

Es war zu spät. Beide Kätzchen hatten die leise Wellenbewegung unter der Decke gesehen. Eine Maus! Eine Maus unter der Bettdecke! Sie legten ihre Ohren zurück, damit die Maus sie nicht sehen konnte, und ihre Schultern glichen beweglichen Halbkreisen, als sie ihre Muskeln für den Sprung anspannten. Nun in die Luft wie Vögel, und dann aufs Bett! Noch einmal hoch – und gekratzt – und gekrallt!

»Bewegter Finger wackelt, und weiterwackelnd schleicht er vorwärts«, zitierte Charles falsch.

Er fuhr fort, die Attraktion von einem Fleck zum anderen zu schieben, bis beide vom Jagen erschöpft waren. Dann packte er sie, jedes mit einer Hand, und hob sie hoch über seinen Kopf.

»Du möchtest wohl gern eine neue Bettdecke kaufen?«, sagte Mary.

»Warum?«

»Schau dir diese Krallenspuren an. Ich habe keine Lust, das ganze Haus zerstören zu lassen.«

»Warum nicht?« Charles wandte sich an Tania. »Gerade dafür sind Häuser und Betten und Vorhänge und Stühle da. Stimmt's nicht?«

»Sei nicht albern, Charles! Du hast wohl den Verstand verloren?«

»Genau das. Weißt du nicht? Es fing gestern in der Ausstellung an.«

Er schob sein Bettzeug beiseite und stand auf.

»Bring sie hinaus und mach die Tür zu!«, sagte Mary heftig.

»Ich werde nichts dergleichen tun. Tania wird die Haarbürste halten, und Tootoo wird mich rasieren. Wenn du darauf bestehst, dass Tootoo mich angeredet hat, dann ist wenigstens einer von uns beiden, wenn nicht alle beide, übergeschnappt. Und deshalb kann ich mir schließlich auch noch ein Vergnügen leisten, bevor ich in eine Heil- und Pflegeanstalt eingeliefert werde.«

Er zog die Tür hinter sich zu. Mary sah zu Ting hinüber und rief ihn mit sanfter, verführerischer Stimme. »Ting? Kommst du zu mir, Ting?«

Aber Ting nahm nicht die geringste Notiz davon.

»Du bist doch mein Alterchen, nicht wahr? Du bist doch kein dummes Katzenkind mehr. Du bist ein kluger, alter Herr. Komm ins Bett, mein Ting!«

Aber Ting wusste selbst, dass er klug war. Und genau deswegen blieb er dort sitzen, wo er war: vor dem Ofen.

Als Miss Flock das Frühstück abgeräumt hatte und als Ting hörte, wie Mary in ihrem Bad das Wasser andrehte, wischte er mit dem Schwanz über Thais Gesicht, als ob er ihn aus einer Trance aufwecken wollte. Thai richtete sich auf und gähnte. Vom Erdgeschoss herauf hörte man Lärm. Tootoo kreischte nach seinem Frühstück.

»Kleine Katzen sollten«, sagte Ting, »sichtbar, aber unhörbar sein.«

»Ganz genau meine Meinung«, entgegnete Thai, und er begann, seine Brust zu waschen.

»Das war ein Bonmot meiner Großmutter, das bis zu uns weitergegeben wurde. Und wenn ich sage: meine Großmutter, so meine ich in Wirklichkeit meine viertausendneunundzwanzigste Ururgroßmutter. Sie lebt jetzt als Mumie im Museum in Kairo.«

»Nicht möglich! Wie interessant!«

Thai hatte von dieser uralten Verwandten schon oft genug zuvor gehört, aber er sagte aus purer Höflichkeit stets nur: »Nicht möglich!« und »Wie interessant!«. Er wusste, dass ältere Herren sich zuweilen wiederholen.

»Es steckt eine Menge Wahrheit in diesen alten Redensarten«, sagte Ting. »Als ich mich eben weigerte, zu der Frau ins Bett zu steigen, ging mir jene alte Redensart durch den Sinn – wie war es doch? Ja, so: Die Hölle kennt nichts Rasenderes als ein verachtet Weib. – Hast du das jemals gehört?«

»Der Himmel kennt kein Zürnen, das jener Liebe gleicht, die sich in Hass verwandelt, und keine Raserei ist in der Höll' bekannt wie die von einem Weib, das sich verachtet fühlt. – Du darfst nicht denken, dass ich dich korrigieren wollte – wirklich nicht.«

Ting dachte es dennoch. Aber er sagte großmütig: »Nicht im Geringsten.«

Lang saß er da und starrte ins Feuer. Dann fragte er: »Was sollen wir jetzt mit diesem entsetzlichen Wesen anfangen?«

»Mit welchem?«

»Mit dem männlichen. Das weibliche stört mich gar nicht so sehr. Schließlich ist sie von guter Geburt. Wenn man eine Prestwick ist, ist man immerhin wer.«

Thai dachte erst einige Minuten nach, bevor er sprach:

»Eine seltsame Sache ist in der letzten Nacht mit mir vorgegangen. Zum ersten Mal in meinem Leben habe ich den Sinn des Wortes Eifersucht verstanden.«

Ting wandte sich um und sah ihn an. »Wirklich?« Seine Stimme hatte etwas sehr Herablassendes in sich. Denn er war nie eifersüchtig auf irgendwen oder irgendwas. Dazu war er von Natur aus viel zu unabhängig. Und als Zug in einem Katzencharakter verachtete er die Eifersucht sogar.

»Warum?«

»Ich glaube, es ist wegen seiner Jugend«, gestand Thai. »Man sollte einem die Jugendlichkeit nicht neiden, aber ich kann einfach nichts dagegen machen. Es ist diese grässliche Männlichkeit. Ich kann nichts gegen das Gefühl ausrichten, dass er etwas besitzt, was mir fehlt.«

Das gehörte zu den Themen, die Ting nicht zu diskutieren wünschte.

»Und als der Mann ihn hätschelte und ein solches Getue um ihn machte, kam mir mein Fisch einfach wieder hoch.«

»Wirklich?«, fragte Ting.

»Ja, unter dem Küchenstuhl.«

»Jedenfalls«, fuhr Ting fort, »habe ich das Gefühl, dass wir für seine Erziehung und Ausbildung verantwortlich sind. Ich wünschte nur, er wäre nicht so fürchterlich ordinär.«

Thai hob den Kopf mit kalter Geringschätzung. »Ich fühle mich nicht verantwortlich. Wir haben ihn schließlich nicht hierher eingeladen.«

»Ich weiß. Aber wir beide, du und ich, stehen in dieser Gegend in hohem Ansehen. Wir können einfach keinen Artgenossen im Stich lassen.«

»Wieso sagst du: Artgenosse? Woher hat er diese schreckliche Stimme?«

»Ach, das ist sein Cockney-Akzent.«

»Aber es geht nicht nur um seine Stimme. Seine ganze Weltanschauung ist verquer.«

Ting dachte eine Weile nach. »Ich wünschte, er hörte auf, mit seiner Großmutter anzugeben. Es gibt immer und in jedermanns Familie gewisse Dinge, über die man einfach nicht spricht.«

Er erinnerte sich für einen Augenblick an seine eigene Mutter und an jene grässlichen schwarz-weißen Kätzchen. Aber er war so vorsichtig gewesen, sich niemals darüber zu äußern – nicht einmal Thai gegenüber.

Mary kam aus dem Bad zurück.

»Nun, Ting, hast du mir verziehen?«

Aber Ting hatte ihr nicht verziehen. Er kehrte ihr den Rücken zu und sah zur Decke hinauf.

# Schleichender Wahnsinn

Ich bin so dumm, du bist so dumm
Wir wolln zur Armee gehen, kumm!
(Variéteschlager frei nach Morgenstern)

Der Wind wehte von der Marsch herüber, fegte rund ums Haus und wirbelte im Garten die toten Blätter hoch in die Luft. Der Winter kündigte sich an.

Charles sah aus seinem Fenster nach Weet hinüber, aber zwischen ihm und der Stadt stieg Nebel auf, und die Schafe suchten hinter der Scheune Schutz. So gab es wenig zu betrachten und nichts zu zählen. Charles dachte über den Inhalt seines neuen Romans nach und spielte dabei mit einem Papiermesser. Ein Freund hatte es ihm geschenkt und damals gemeint, es wäre doch sehr nützlich zum Öffnen von Briefen, die Schecks enthielten. Charles erinnerte sich, dass es schon lang nicht mehr benutzt worden war. Er musste sich also an die Arbeit machen. Jetzt und auf der Stelle. Aber der Haken daran war, dass erst eine Idee, ein Thema, eine Handlung gefunden sein wollten. Er saß und dachte zehn Minuten lang nach. Dann hatte er es.

Wie wär's, sagte er sich, mit einer Geschichte über ein Mädchen, das in der Marsch lebt und Schafe hütet?

Dann aber warf er das Papiermesser in einem Anfall plötzlichen Erschreckens weg: Es war ihm nicht nur deutlich geworden, dass er selbst diese Geschichte geschrieben hatte, sondern dass sie auch schon längst gedruckt und erschienen war.

Er lehnte sich in seinen Stuhl zurück und dachte intensiv über sich nach. Konnte es möglich sein, dass er wirklich im Begriff war, überzuschnappen? Er überlegte, ob er einen Arzt zu Rat ziehen sollte. Aber wie konnte er einem Arzt erklären, was sich in der Katzenausstellung ereignet hatte? Er würde auf der Stelle eingeliefert werden. Die Situation war beängstigend, und er sah im Geist schon die Artikel in der Lokalzeitung vor sich:

> *»Mr Charles Warren, der Verfasser zweier erfolgreicher Theaterstücke und zahlreicher Romane, begab sich gestern in eine Heil- und Pflegeanstalt. Seine Frau versicherte, dass er eine gründliche Erholungskur brauchte, doch steht noch nicht fest, ob er je wieder entlassen werden wird.«*

Charles fühlte, wie er weiß vor Furcht wurde. Aber zu einem war er entschlossen: Sollte er wirklich eingeliefert werden, so würde er Mary mitnehmen. Es war schließlich alles ihre Schuld. Und vermutlich war sie ein viel gefährlicherer Fall als er, weil sie offenbar völlig im Unklaren über ihren Zustand war. Er musste sie sorgfältig beobachten, beschloss er. Dann hörte er für diesen Vormittag auf zu arbeiten und ging aufs Feld hinter dem Haus.

Die Katzen erhielten ihr Frühstück jeden Tag um zehn Uhr, während Miss Flock oben beim Bettenmachen war und Mary die Küche für sich allein hatte. Ting und Thai besaßen ihre eigenen verschiedenen Vorlieben hinsichtlich des Fressens. Ting liebte über alles ein hübsches Stück reifen Gorgonzolas, Thai dagegen zog englischen Cheddar vor. Bezüglich der Hauptgerichte jedoch hatten beide annähernd den gleichen Geschmack – abgesehen davon, dass Ting einen Hering nicht einmal ansah, während Thai seine Nase vom Lachs abwandte.

Jeden Morgen bezogen sie pünktlich fünf vor zehn Stellung an der Speisekammertür. Hier saßen sie schweigend und voller Vertrauen darauf, dass die Frau sie nicht im Stich lassen würde.

Aber nicht so Tootoo. Er verließ sich auf niemanden und hielt es für wesentlich besser, sich sein Fressen dadurch zu sichern, dass er danach verlangte. Und da die Natur ihm eine Stimme verliehen hatte, mit der sich das bewerkstelligen ließ – warum sollte er es also nicht tun? Gewöhnlich fing er um halb zehn damit an.

»Heda, heda, heda! Futter, Futter, Futter – Hunger hab ich jetzt. Was gibt's heut früh – Fisch? Hört jetzt auf, herumzufaulenzen – los, los, wo ist mein Fressen?«

Seine Tischsitten, oder eigentlich seine Fußbodensitten, stießen Ting und Thai so sehr ab, dass sie ihm, wenn ihre Emailleschüsseln schließlich vor sie hingestellt wurden, den Rücken zuwandten und die Haare über die Trommelfelle sträubten, um nicht die schmatzenden und schlürfenden Laute zu hören, die aus Tootoos Blechschüssel erklangen.

Tania dagegen speiste sehr appetitlich und brachte niemals einen Schmutzflecken aufs Linoleum.

Auch nach dem Frühstück blieb der Tageslauf immer gleich. Mary hatte etwas gegen Sandkistchen und hatte deshalb ein viereckiges Loch in die Küchentür sägen lassen, das Tag und Nacht offenblieb – außer bei sehr kaltem Wetter. Und durch dieses Loch stürmten jeden Morgen die Katzen, um dann in schnellen, kurzen Sprüngen zum Spargelbeet zu jagen.

Tania leckte sich die Pfoten ab und wusch sich das Gesicht, genauso wie sie es von ihrer Mutter gelernt hatte: nach jeder Mahlzeit. »Kommst du nicht in den Garten heraus?«, fragte sie Tootoo.

»Was soll ich da? Nur um meine Pfoten nass machen? Kommt nicht in Frage. Ich hab ein warmes Plätzchen unter der Spüle gefunden.«

»Wo hat man dich aufgezogen?«

»London-Eastend, London-Eastend, London-Eastend«, wiederholte er veräppelnd. »Steck dir's hinter die Zähne und beiß drauf 'rum.«

Ein paar Minuten später kam Miss Flock in die Küche, um einen Eimer zu holen. Sie sperrte den Schrank neben der Spüle auf.

»Du kommst mir schön vor!«, kreischte sie, während sie Tootoo am Genick packte. »Und hinaus mit dir!« Sie riss das Fenster auf und warf ihn hinaus, wobei sie befriedigt feststellte, dass er in einer Pfütze landete.

Die Tage gingen dahin, und für Ting und Thai wurde das Problem Tootoo immer dringlicher. Tania hatten sie inzwischen akzeptiert. Ihr Benehmen war untadelig, und was ihnen an ihr am meisten gefiel, war der Umstand, dass sie ihrem Beispiel und ihren Anleitungen in allem willig folgte. Wenn sie sich wuschen, wusch sie sich auch. Wenn sie auf ihre Mahlzeiten warteten, wartete sie mit ihnen zusammen. Wenn sie meditierten, meditierte sie ebenfalls. Sie wusste zwar nicht recht, worüber sie meditieren sollte, aber sie erkannte, dass es genau das war, was der Augenblick von ihr forderte. Und sie konnte sich, wenn sie den Ausdruck völliger Ausdruckslosigkeit auf Tings Gesicht sah, wohl vorstellen, dass er eine hohe Stufe in seiner Kategorie der Yogi-Philosophie erreicht hatte.

Die Krise trat eines Morgens ein, als Thai in dem kleinen Wohnzimmer auf dem Elektroofen saß und zum Fenster hinaussah. In dem Feld auf der anderen Straßenseite konnte er ein Paar schwarze Ohren hinter den Nesseln zum Vorschein kommen sehen. Plötzlich verschwanden sie wieder, und Thais Zähne begannen vor Wut zu klappern – es war das gleiche Geräusch, das entstand, wenn er einen Vogel in der Hecke entdeckte.

Ting sah vom Fußboden zu Thai hinauf, als vom Fenster im ersten Stock die Stimme des Mannes zu hören war:

»Tootoo, komm aus dem nassen Feld heraus!«

Ein kleiner Kopf tauchte hinter den Nesseln auf.

»Los! Heraus!«

Blitzschnell war Tootoo aus dem Feld, und erhobenen Schwanzes legte er in langen Sprüngen den Weg zum Zaun zurück. Mit einem Satz war er auf dem Zaun und mit einem zweiten über die Straße weg. Durch das Loch in der Küchentür kam er ins Haus.

»Ruf ihn nicht«, sagte Ting. »Er wird von selber hereinkommen.« Sie warteten einige Minuten.

»Ich werde es übernehmen«, erklärte Thai. »Überlass es ruhig mir.«

Tootoo schlenderte herein und platzierte sich mit herausfordernder Miene auf die Türschwelle, als er die beiden andern am Ofen sitzen sah. Dann erhob er sich wieder und sprang auf den Stuhl des Mannes – einen unverschämt-überheblichen Zug im Gesicht.

Thai begann mit leiser Stimme zu sprechen. Er behielt sich diese Redeweise für Dinge vor, die nach seiner Meinung prall von Bedeutung waren – so hatte er es dem Mann abgelauscht.

»Es gibt, Tootoo, Gesetze in diesem Haus, die du nun einmal kennenzulernen, und zwar auf der Stelle kennenzulernen hast. Andernfalls wird es zu ernsthaften Verwicklungen kommen.«

Tootoo hörte auf, seinen Schwanz abzulecken und sah auf Thai hinunter. »Was für Verwicklungen?«

»Davon später«, entgegnete Thai sehr würdevoll. »Aber du bist dir offensichtlich – und das ist zweifellos darauf zurückzuführen, dass du in der Stadt aufgezogen wurdest – du bist dir, wie gesagt, über die Gesetze der Jagd nicht im Klaren. Und darüber, dass es für eine Katze ein Verstoß gegen die guten Sitten ist, in das Gebiet einer anderen Katze einzudringen – so wie du es eben getan hast.«

»Wie soll ich das wissen?«

»Der Instinkt hätte es dir sagen können«, fiel Ting ein. »Aber dir scheint jeder Instinkt zu mangeln … ausgenommen jener übelste aller Instinkte.«

Thai fuhr fort: »Wenn du eine Linie von den Salonfenstern zur Mitte des Gartens ziehst: dann ist alles links von dieser Linie, und zwar einschließlich der Böschung und des Feldes hinter der Hecke, Tings Revier. Ich jage überall rechts davon und auf dem Feld vis-à-vis.«

Tootoo blickte ihn, leicht vor den Kopf gestoßen, starr an: »Zum Teufel, was bleibt dann für mich?«

Plötzlich wurde es ganz still. Niemand hatte diesen Punkt bedacht.

»Du hast den Werkzeugschuppen«, sagte Ting großzügig, »und die Hecke am Ende des Gartens.« Er legte sein Maul an Thais Ohr und flüsterte: »Dort gibt's verdammt wenig.«

»Was ist mit Tania? Nichts kriegt sie nicht?«

»Du meinst, wie ich annehme«, erkundigte sich Thai boshaft, »bekommt Tania nichts?«

»Ich habe gesagt: Nichts kriegt sie gar nicht?«

»Wenn du Wert darauf legst, mit ihr zu teilen: bitte.«

»Danke, alter Freund.«

»Und weil wir gerade von dir sprechen«, fuhr Ting fort, »so peinlich es auch für uns sein mag, so möchte ich dir doch empfehlen, einmal zuzuhören, wenn die Frau Platten spielt. Du musst die Platte mit dem Musiktheaterstück *My Fair Lady* anhören.«

»*My Fair Lady* – um was geht's da? Um Tania?«

»Nein, es dreht sich nicht um Tania, es geht um eine Frau, die lernen soll, sich anständig auszudrücken. Du kannst nur davon profitieren.«

»Ach so, du meinst das da: In Spannjen wachsen die Orannjen und so weiter.«

»Ja, aber nicht so, wie du es aussprichst.«

Ihr Gespräch wurde von Charles unterbrochen, der seine Kaffeetasse hereinbrachte.

»Heda, Burschen«, sagte er, sich an Ting und Thai wendend. Aber keiner von beiden antwortete. Die Kühle, die Tootoos Ankunft im Haus ausgelöst hatte, wurde zur Eiseskälte. Schließlich war es ja der Mann, der für all das verantwortlich war. Er hob Tootoo vom Stuhl auf und stellte ihn auf den Fußboden, aber als er sich selbst setzen wollte, bemerkte er die Schmutzreste auf dem Sitz.

»Mary? Mary, komm einmal her. Schau, was deine Katze wieder angerichtet hat. Ich will nicht, dass sie Schmutz ins Haus bringen.«

»Doch nur, weil es dein eigener Stuhl ist«, sagte Mary, als sie ins Zimmer kam. Charles wischte den Schmutz mit seinem Taschentuch ab, und Mary holte ihre Tasse und setzte sich.

»Wie macht sich dein neues Buch? Geht's gut voran?«

»Es macht sich überhaupt nicht, und ich bin meinetwegen reichlich besorgt.«

»In welcher Weise?«

»Es ist wegen meines Kopfes. Alles, was ich mitbekommen habe, ist mein Kopf. Er ist meine Fabrik. Und wenn nichts aus ihm herauskommt, nagen wir am Hungertuch.«

»Warum nimmst du nicht ein Aspirin?«

»Es ist nicht das, was ich mit dem Kopf meine. Nichts festigt sich, nichts wird etwas – das meine ich.«

»Warum gehst du dann nicht zu Doktor Parkin?«

»Ich traue mich nicht. Verstehst du denn nicht? Es ist alles seit …«

Er unterbrach sich. Tootoo hatte eben etwas zu Ting gesagt. Charles sah Mary angstvoll an.

»Was hat er gesagt?«

»Er hat gesagt: *Der Alte dreht durch.*«

Charles sprang auf die Füße. »Ich halte das nicht mehr aus. Ich halte es einfach nicht mehr länger aus. Genau das war es, was auch ich ihn habe sagen hören.«

»Sei nicht lächerlich, Liebster. Ich habe es doch nur erfunden.«

»Das ist nicht wahr!« Charles sah verzweifelt drein.

»Er hat es gesagt – er hat es wirklich und tatsächlich gesagt.«

»Um Himmels willen, beruhige dich doch.«

Mary nahm seine Hand. »Ich meine, du solltest wirklich Doktor Parkin konsultieren. Hast du vielleicht schlecht geschlafen?«

Mary zog ihn näher zu sich heran. »Es ist doch immer so, Liebster, wenn du mit einem neuen Buch anfängst: Sorgen, Konzentration, Enttäuschung, Schlaflosigkeit und sonst alles Mögliche, bis Handlung und Figuren erst Gestalt annehmen. Aber das wird alles in ein oder zwei Tagen ins rechte Lot kommen. Es ist wirklich jedes Mal so.«

Charles sah sie mit wilden Blicken an. »Versprich mir, dass du das mit Tootoo und dem Alten wirklich erfunden hast. Hand aufs Herz!«

»Ganz und gar und wirklich.«

Es entstand eine Pause.

»Was, meinst du, soll ich tun?«

»Wenn ich du wäre«, sagte Mary, »dann ginge ich an die Arbeit zurück.«

Charles trank seine Kaffeetasse leer und stieg die Treppe hinauf. Tootoo gähnte und zupfte seinen Schnurrbart. »Hab' ihm einen schönen Schrecken eingejagt, dem Alten – oder vielleicht nicht?«, sagte er.

# Das große Abenteuer

Das ist das Meer, Daisy – das Meer.
Nein, nein, nicht der Weiher – das Meer.
Wirklich, Miss Hoskins, Ihren Kindern
fehlt die einfachste Bildung.
(Erlauscht im Seebad, schon etwa 1910)

Es war eine ganze Zeit nach Weihnachten, und die Kinder, Nicholas und Sandra, waren wieder im Internat. Sie hatten in den Ferien viel Spaß gehabt, da es viele gleichaltrige Kinder in Weet gab und sie auf zahlreichen Festen gewesen waren. Und Tootoo und Tania waren für die Kinder ein ganz besonders aufregendes Ereignis.

Tania, nun schon vier Monate alt, wuchs zu einer außergewöhnlich hübschen Katze heran. Ihr Fell wurde dunkler, ihre Ohren und Pfoten waren nun tiefschwarz, oder doch fast tiefschwarz, und die Schattierungen auf ihren Beinen wirkten wie Strümpfe. Ihre großen Augen leuchteten in strahlendem Blau, und im Dunkeln glänzten sie granatrot. Ihr Schwanz war lang und seidenweich. Wie die anderen wurde auch sie dreimal täglich zu ihrem großen Vergnügen von Mary gebürstet. Sie empfing Liebe und gab Liebe zurück. Ihr Wesen war, alles in allem, friedvoll und ausgeglichen.

Nur eine Sache verwirrte sie, und das war die Begrenztheit ihrer Welt. Sie hatte Ting von weiten Streifzügen über die Felder hinter der Gartenböschung heimkommen sehen, und einmal hatte sie gehört, wie er Thai davon erzählte, dass er von dem Baum auf dem Hügel das Meer gesehen hätte. Aber so weit über die Grenzen des Gartens hinaus war sie nie gekommen – nicht einmal, wenn der Mann oder die Frau sie begleiteten. Obwohl sie beide zärtlich liebte, lag ihr doch die Sehnsucht im Blut, zuweilen fortzugehen. Frei zu sein, in sich das Bewusstsein ihrer Individualität zu spüren – danach stand ihr Verlangen.

Jene Sehnsucht spürte sie besonders heftig eines frühen Nachmittags, als sie im Drahtgeflecht am Ende des Küchengartens ein Loch entdeckte. Sie blickte rasch um sich und sah, dass die Frau eben einen Kohlkopf schnitt und ihr den Rücken zuwandte. Dies war ihr Augenblick! Mit einem Satz war sie durch die Zaunlücke und im Durcheinander von Gras und Unkraut auf der anderen Seite verschwunden. Dort lag sie einige Minuten lang ganz still.

Dann hörte sie die Frau rufen: »Tania! Tania, wo bist du?«

Nach einer Weile wurde es wieder ruhig, und Tania vernahm, wie die Küchentür zufiel.

Sie legte die Ohren zurück und schnupperte sich ihren Weg durch das Gewirr und Gestrüpp von Gras und Buschwerk. Mit innigem Vergnügen hob sie ihre Nase in die neuen Gerüche, und lebensgierig und voller Aufregung genoss sie ihre neue Freiheit.

Sie sah einen Käfer aus einem Loch in der Erde hervorkriechen und fuhr auf ihn los. Sie spießte ihn mit einer Kralle auf, zupfte ihn mit den Zähnen wieder los und begann, ihn zu fressen. Er sagte ihrem Geschmack jedoch nicht zu, und so spuckte sie ihn wieder aus. Einer seiner Flügel hatte sich in Tanias Barthaaren verfangen, und mit Hilfe eines Grasbüschels kämmte sie ihn heraus.

Jenseits des Gebüsches lief ein Feldweg einen großen, braunen Acker entlang. Darin waren Wagenspuren eingefurcht, über die hinweg Tania vorsichtig und sorgsam ihren Weg wählte. Auf der anderen Seite gab es, für Tania völlig unerwartet, einen Weiher, der von Binsen und Riedgras umwachsen war. Nun spitzte sie die Ohren und schlich sich verstohlen auf Zehenspitzen vorwärts, bis sie unter den Binsen Deckung fand. Das war Abenteuer, das war Leben! Dann vernahm sie einen Laut.

Sie duckte sich, und ihre Ohren waren nicht mehr gespitzt, sondern ganz zurückgelegt. Sie konnte spüren, wie sich die Haare über ihrer Wirbelsäule aufrichteten und ihr Schwanz dicker wurde. Der Laut erklang wieder. Was es auch sein mochte – sie beschloss, ihre Stellung zu behaupten, dem Schlimmsten ins Auge zu sehen und es zur Not auch mit Zähnen und Krallen anzugehen. Tania litt keinen Mangel an Courage.

Die Kuh hob ihren Kopf aus dem Weiher. Von ihren rosa Lippen tropfte Wasser. Sie betrachtete Tania, und Tania starrte zurück. Das war kein Mann – sie sah es auf den ersten Blick. Aber was es auch sonst hätte sein können – davon hatte sie nicht die leiseste Vorstellung. Schafe waren ihr, da sie vom Fenster des Mannes welche sehen konnte, wohl bekannt, und sie sahen ziemlich dämlich aus. Aber dieses Ding da – das kannte sie nicht.

Nach einer kleinen Weile nahm die Kuh ihre Vorderbeine aus dem Wasser und stieg, Kreise mit dem Schwanz schlagend, die Böschung auf der anderen Seite des Weihers hinauf. Tania nahm sich, noch immer mit wild pochendem Herzen, fest vor, Ting zu fragen, was das war, falls sie sich dann noch genau genug erinnern konnte, um die Erscheinung zu beschreiben.

Sie umlief die Seite des Weihers, wobei sie sich so gut wie möglich in Deckung hielt, bis sie an einen Graben kam, der unter einer Hecke am Feld entlangführte. Natürlich war das Tings Jagdrevier, und Tanias Ehrgefühl sagte ihr deutlich, dass sie jeden Gedanken daran aufzugeben hatte, in seinem Gehege etwas zu töten. Aber wenn Rechtsempfinden und Versuchung aneinandergeraten, dann behält bekanntlich die Versuchung fast immer die Oberhand. Und die Amsel war nur acht Katzenlängen entfernt.

Tania lag mäuschenstill, und alle Gedanken an Ting verließen ihren Kopf, um sich übers Feld davonzumachen. Ihr Körper war eng an die abgestorbenen Blätter im Graben gepresst, ihre Ohren lagen zurück, und ihre Muskeln spannten sich zum Sprung. In dieser Stellung wartete sie ganze fünf Minuten. Die Amsel saß zu hoch oben am Grabenrand, als dass Tania sie in einem Anlauf hätte erreichen können. Sie musste warten, bis der Vogel in den Graben herunterhüpfte, und das würde er, wie Tania fest annahm, bald tun, weil sein Genosse weiter oben nach ihm rief. Er plusterte sein Gefieder auf, putzte seinen einen Flügel mit seinem gelben Schnabel und hatte keine Ahnung von Tanias Anwesenheit. Dann flog er in den Graben herunter. Als er aufsetzte, sprang Tania. Es war ihr erster ernstgemeinter Angriff, und sie sprang daneben. Nur zwei Schwanzfedern, auf einer unblutigen Kralle aufgespießt, blieben ihr als schwacher Trost in ihrer bitteren Enttäuschung. Die Amsel saß inzwischen auf dem obersten Ast eines Weißdorns und schimpfte mit so unwiederholbaren Ausdrücken, dass sich sogar eine Feldmaus die winzigen Ohren zuhielt und in die Erde kroch.

Es war vier Uhr nachmittags, und die Sonne, die noch strahlend geschienen hatte, als Tania zu ihrem großen Abenteuer aufgebrochen war, verschwand hinter einer tief ziehenden Wolkenbank. Tania kletterte aus dem Graben und folgte dem Feldweg über den Acker, indem sie nach fast jedem Schritt über die Schulter zurückblickte. Eine Taube flog mit surrendem Flügelschlag aus einer Eiche auf und über die Hecke dahin.

Das war das Leben! dachte Tania wieder. Das war die Freiheit! Das war die erhabene Bestätigung ihrer Persönlichkeit!

Ihr Instinkt riet ihr, sich für den Fall weiter verborgen zu halten, dass ein großes Wild, vielleicht eine Feldmaus, auftauchte, aber der Wind, der ihr durchs Fell fuhr, bereitete ihr ein derartiges körperliches Vergnügen, dass sie nicht widerstehen konnte: Sie hob den Kopf und schnupperte.

Und in diesem Augenblick ertönte über das braune Feld und über die Baumwipfel ein Schuss.

Als die Uhr im kleinen Wohnzimmer sieben schlug, fiel die Haustür ins Schloss.

»Etwas Neues?«, rief Mary.

Charles kam im Regenmantel ins Zimmer.

»Ich war überall – an jeder Stelle, die ich mir nur denken kann.«

Er löschte die lange Fackel aus, die er in der Hand hielt.

»Auch auf dem Acker vor dem Haus?«

»Auf beiden Äckern.« Er unterbrach sich, und als er den neuen Gedanken aussprach, hasste er ihn schon: »Um welche Zeit hast du den Schuss gehört?«

»Kurz nach vier. Ich habe auf die Uhr gesehen, weil ich an den Tee dachte und überlegte, wann ich dich aus dem Haus habe gehen hören. Aber warum sollte jemand ...«

Charles unterbrach sie: »Irgendwer kann sie für ein Kaninchen gehalten haben.«

»Aber hier gibt es keine Kaninchen mehr.«

»Um so mehr Grund für jemanden, einen Schuss auf etwas abzugeben, das ihm wie eines vorkam. Die Bauern möchten nicht, dass sie wieder auftauchen.«

»Ich kann gar nicht daran denken.«

Charles zog den Mantel aus.

»Gibt es noch irgendwen, den wir anrufen könnten?«, fragte Mary.

»Wen wohl? Jim Law sagt, er hätte nicht geschossen, und auch Clifford war es nicht. Vielleicht irgendein verantwortungsloser Bursche aus Weet. Ich kann es morgen der Polizei melden, aber was kann dabei schon herauskommen?«

»Als ich sie zum letzten Mal sah, ging sie hinter dem Rosenkohlbeet die Hecke entlang.«

Charles setzte sich, zog seine Gummistiefel aus und wärmte sich die Füße am Kamin. Ting, Thai und Tootoo schliefen fest, unbekümmert um die Tragödie, die so rasch über ihr Haus hereingebrochen war. Mary ging zum Schrank in der Diele und kam mit Whisky und Soda zurück.

»Trink das, Liebster«, sagte sie mitfühlend. »Du bist halb erfroren.«

Nach ein paar Minuten meinte Charles: »Ich könnte mir vorstellen, dass es furchtbar albern klingt, wenn jemand sagt, er sei in eine Katze verliebt.«

»Aber gar nicht – nicht bei Tania.«

»Genau das fühle ich jedenfalls. Das Gleiche wie vor zwanzig Jahren, als ich mich in ein Mädchen mit roten Haaren verliebt hatte. Sie war fünfzehn und wurde bei einem Autozusammenstoß verletzt.«

Für einen Augenblick schwieg er, dann fuhr er fort: »Wie sie mir ihre Arme um den Hals schlang! Wie sie ihr Gesicht gegen meines drückte! Wie sie sich ins Bett gekuschelt hat!«

»Mit fünfzehn?«

»Ich spreche von Tania.«

»Ach so«, sagte Mary erleichtert.

»Es zerreißt einem das Herz.«

»Aber sie kann zurückkommen. Ich jedenfalls gebe die Hoffnung noch nicht auf.«

»Wenn sie noch lebt, hätte sie mir geantwortet.«

Das Schweigen während des Abendessens wurde nur von gelegentlichen Bemerkungen über belanglose Dinge unterbrochen, die gerade das Richtige für ein zerfahrenes Gespräch waren. Die Henne, sagte Mary, hätte zehn Eier gelegt. Sogar das Fernsehprogramm wurde an diesem Abend nicht beachtet – niemand stand der Sinn danach. Um Mitternacht gingen Mary und Charles ins Bett.

Aber keiner von beiden fand Schlaf. Das Fenster stand wie immer offen, und Charles bemühte sich angestrengt, den leisesten Ton von draußen zu vernehmen. Dann hörte er etwas: Mary weinte unter der Bettdecke leise vor sich hin. Er schaltete das Licht an und stand auf.

»Wie spät ist es?«, fragte Mary.

»Zehn nach drei.« Er ging ins Ankleidezimmer und kam nach drei Minuten in Hose und Pullover wieder.

»Du gehst doch nicht hinaus? Es regnet.«

»Ich kann nicht anders. Ich hatte vergessen, dass in dem Feld hinter dem Haus noch einige Kaninchenfallen ausgelegt sind. Sie kann in einer davon gefangen sein. Jim Law hat sie vor fünf Jahren gelegt, und ich entsinne mich, dass ich vor ein paar Wochen eine gesehen und mich gefragt habe, warum der Narr sie nicht weggeräumt hat.«

»Aber du wirst nichts sehen können!«

»Natürlich kann ich, wenn ich eine Fackel mitnehme. Ich kann sie nicht draußen sterben lassen – ich kann es nicht.« Er unterbrach sich für einen Augenblick. »Wenn sie nicht schon tot ist.«

Er ging hinüber zu Marys Bett und umarmte sie. »Wir können uns dann wenigstens sagen, wir hätten alles Menschenmögliche getan.«

Mary klammerte sich einige Sekunden lang an ihn. »Das hast du schon getan.«

»Worüber hast du dann geweint?«

»Weil ich mich so elend und so hilf- und nutzlos fühle.«

Er ließ sie los. »Unsinn. Du kannst Kaffee kochen, wenn du willst, sobald ich zurückkomme, und falls du noch nicht schläfst. Ich werde nicht länger als eine Stunde ausbleiben.«

Unten zog er seine Gummistiefel und seinen Wettermantel an. Er nahm eine Fackel und ging aus dem Haus. Die Kaninchenfalle war, wie er wusste, im Boden des Ackers etwa dreihundert Meter hinter dem Haus angebracht, und zwar in einer alten Regenrinne, die zum Graben führte.

Er kletterte über den Zaun und zerriss sich dabei an einem Stück Stacheldraht seine Cordhose. Ein plötzlicher heftiger Regenguss schlug ihm ins Gesicht und tropfte ihm in den Kragen. Der Feldweg hatte sich bereits in glitschigen Morast verwandelt, und nach fünfzig Metern glitt Charles aus. In voller Länge fiel er in den Schlamm. Wenn die Amsel vom Nachmittag noch wach gewesen wäre, hätte sie Ausdrücke hören können, die den ihren ebenbürtig waren.

Nachdem er zehn Minuten lang gesucht hatte, stieß Charles mit dem Fuß gegen die Falle. Sie war leer. Er hob sie wütend auf und schleuderte sie in die Hecke. Er hasste solche Fallen, und der Gedanke an die Tiere, die sich darin langsam zu Tode würgten, machte ihn fast krank. – Aber er wusste, dass hier noch mehr Fallen waren, und er musste sie alle finden.

Er glitt und rutschte umher und schwenkte dazu seine Fackel, aber er konnte keine der Fallen finden. Das Gras hatte sie überwachsen. Und immer wieder rief er – und immer wieder, ohne eine Antwort zu erhalten. Seine Uhr sagte ihm, dass er bereits fünfzig Minuten unterwegs war.

Dann bemerkte er, dass sich der Wind, den er im Rücken gehabt hatte, während er den Feldweg hinaufging, langsam drehte und ihm nun entgegenwehte. So konnte ihn also jeder Laut von der Spitze des Hügels erreichen. Und in dem zarten Schimmer, der die Erde vom Himmel trennte, konnte er die Konturen der alten Eiche erkennen. Hier hat er oft gestanden. Er holte tief Atem und rief wieder Tanias Namen. Dann hielt er inne und horchte.

Zuerst gab es nur Schweigen und das leise Rauschen des Windes in den Bäumen, die sich über die Hecke erhoben. Dann, auf einmal, hörte er, dessen Ohren nur auf einen Laut gestimmt waren, einen sehr leisen Ruf. Er kam, wie Charles annahm, von der Spitze des Hügels, und sein Herz setzte fast aus. Er rief wieder und lauschte. Nach ein paar Sekunden, die Charles wie Wochen vorkamen, ertönte der Ruf erneut. Charles hob das Gesicht in den Wind und arbeitete sich vorwärts, indem er die Füße mühsam durch die schwere und schlammige gepflügte Erde zog.

Als er schließlich nur noch sechs Meter von der Eiche entfernt war, hörte er den Ruf wieder: einen langgezogenen, kläglichen, nassen Laut. Als Charles neben dem Stamm stand, hob er seine Fackel der Stimme entgegen, die nun einen verdrießlichen Unterton annahm:

»Warum hast du so lang gebraucht?«

Charles tastete sich im Dunkel um den Stamm, der offenbar nirgends einen Halt zum Klettern bot. Undeutlich konnte er Tania auf einem der oberen Äste sitzen sehen. Er rief ihr zu herunterzukommen.

»Wenn ich hinuntersteigen könnte, du Dummkopf, dann wär' ich längst drunten.«

»Was hast du gesagt?«

»Schon gut!«

Charles redete ihr fünf Minuten lang zu, aber sie machte keine weitere Bewegung, als sich das Wasser aus den Ohren zu schütteln.

»Ich gehe eine Leiter holen, verstehst du? Ich gehe eine Leiter holen. Und du bleibst, wo du bist.«

Er stapfte durch den Schlamm zurück zum Haus. In der Küche brannte Licht, und Mary stand hier im Morgenrock und kochte Kaffee.

»Gefunden!«, rief Charles schon im Vorgarten. Mary machte die Tür auf und wollte Charles erleichtert in die Arme schließen.

»Rühr mich nicht an, ich bin durchgeweicht. Deine verdammte Katze sitzt auf einem Baum, und ich muss schwitzend zurücklaufen, um eine Leiter zu holen.«

Was war aus dem großen Liebenden geworden?, dachte Mary. Das war keine Art zu reden.

»Ist alles mit ihr in Ordnung?«

»Mit ihr wohl schon, aber nicht mit mir. Ich bin bäuchlings im Dreck gelegen, und dein verfluchtes Biest wollte nicht herunterkommen.«

»Soll ich mit dir hinausgehen?«

»Sei nicht albern, es regnet in Strömen.«

»Trink einen Schluck Kaffee, Liebster! Du weißt, ich halte dich für sehr selbstlos.«

»Ich weiß, ich bin es«, sagte Charles. »Das nächste Mal kannst du es scin.«

Er trank seinen Kaffee und ging zum Werkzeugschuppen, um eine Leiter zu holen, die er sich mühsam auflud. Auf halbem Weg zur Eiche und mitten im Acker verfing er sich mit dem Fuß in der untersten Sprosse, und er fiel wieder in voller Länge in den Morast.

»Verwünschte Katze!«, fluchte er laut. Die Liebe hatte sich für den Augenblick weit weg über die Marsch verflüchtigt.

Als er am Baum ankam, lehnte er die Leiter gegen den Stamm und machte erst einmal eine Pause, um Atem zu schöpfen. Tania konnte er zwischen den Ästen erkennen, und sie machte keine Anstalten herunterzukommen, als er sie wieder rief. Es blieb ihm nichts weiter übrig, als die Leiter sicher aufzurichten und Tania zu holen.

Der Regen von den Zweigen fiel in dicken Tropfen in sein nach oben gerichtetes Gesicht, als er die Leiter gegen den untersten Ast lehnte. Er war vielleicht sieben Stufen hinaufgestiegen, als der Ast, der die Leiter stützte, mit einem mörderischen Krach abbrach. Wild ins Leere greifend, fiel Charles aus fast zwei Meter Höhe geradewegs in einen Kuhfladen.

Als er, nun lauthals fluchend, mühsam aufstand, hörte er in den Ästen über ihm ein leises Lachen.

Für den Bruchteil einer Sekunde dachte er daran, auf der Stelle nach Hause zu gehen. Als er die Leiter wieder aufhob, fragte er sich, ob es außer einem Engländer wohl einen anderen Menschen gab, der sich so lang einer derartigen Menge von Unbequemlichkeiten und Erniedrigungen unterwerfen würde, um einem stummen Tier zu helfen.

Dann hörte er eine Stimme sagen: »Du schaust furchtbar dämlich drein.«

Koste es, was es wolle, dachte Charles bei sich: Er musste seinen Verstand behalten. Über und über mit Kuhdreck bedeckt, konnte er sich nicht auf sein Gehör verlassen, es war gut möglich, dass der Wind ihm einen Streich spielte.

»Halt den Mund!«, schrie er hinauf. »Wenn du noch ein Wort sagst, gehe ich heim und lasse dich sitzen.«

Dann lehnte er die Leiter so sicher wie möglich an den Stamm und begann hinaufzuklettern. Mit halbwegs sicherem Stand auf einem etwas verlässlicher wirkenden Ast griff er nach oben. Er fasste Tania um den Bauch und hielt sie in die Luft. »Bist du«, schrie er gegen den aufkommenden Wind, »ein stummes Tier, oder bist du kein stummes Tier?«

Aber Tania gab keine Antwort.

Charles steckte sie in seinen triefenden Mantel und kletterte hinab ins Sichere. Die Leiter ließ er stehen.

»Wie kannst du nur!«, knurrte er ein paar Mal, als er übers Feld zurückstampfte. »Wie kannst du nur!«

Aber er vernahm nur ein warmes Schnurren von einer kalten Katze. Dann geriet er mit dem Fuß in eine der Kaninchenfallen, die er vorher nicht hatte finden können, und zum vierten Mal fiel er aufs Gesicht, wobei er Tania fast erstickte.

Als er sie schließlich heimbrachte, trocknete sie Mary mit drei verschiedenen Handtüchern und gab ihr heiße Milch mit einem Schuss Cognac.

Ting und Thai, die auf ihrem roten Plüschsessel schliefen, nahmen überhaupt keine Notiz von allem. Tootoo interessierte sich für Milch mit Cognac, wurde aber beiseitegeschoben. Das war Tanias Nacht!

Es war fünf Uhr vorbei, als sie alle schlafen gingen. Tania, nun schön trocken und an Mary gekuschelt, schnurrte laut.

»Du hast das alles wundervoll gemacht, Liebster, und ich kann dir gar nicht sagen, wie dankbar ich bin«, sagte Mary.

»Ich kann dir kaum sagen, wie kalt mir ist«, antwortete Charles etwas ungnädig.

»Sie ist so warm und sanft und lieb«, sagte Mary.

»Das ist mehr, als ich fühle – das kann ich dir sagen. Tania ist das undankbarste Biest, das ich je kennengelernt habe. Als der Ast gebrochen ist und ich mitten im Dreck lag, hat sie gesagt: Du schaust …« Charles sagte nichts weiter.

»Was hat sie gesagt, Liebster?«

»Nichts. Das bedeutet alles nichts«, entgegnete Charles. »Zum Teufel, lass uns jetzt schlafen. Weißt du, dass es fünf vorbei ist?«

»Ich schlafe augenblicklich«, sagte Mary.

Aber Tania schlief nicht. Sie dachte an die Amsel; an das Ding mit den Füßen im Weiher; an den Baum. »Ich habe das Meer gesehen«, sagte sie im Ton großer Befriedigung.

# Liebst du mich, dann lieb auch meinen Hund!

Auch wenn das Ross gestohlen ist,
verschließ den Stall. – Stolz geht voran
Und Scham folgt auf dem Fuße.
Und anderer tumben Tinge mehr.
(Von John Heywood, etwa 1565)

Mary zog eine Schublade aus dem Aufsatz des Sekretärs im kleinen Wohnzimmer.

»Willst du all dieses Zeug aufheben, Charles?«

»Mein altes Kindermädchen pflegte zu sagen, dass alles in einem Haus innerhalb von sieben Jahren einmal nützlich sei.«

»Aber deine alte Kinderschwester ist ein Jahr nach unserer Hochzeit gestorben – hat es da noch einen Zweck, das Zeug aufzuheben? Sie kann es doch nicht mehr verwenden.«

»Was ist es alles?«

»Eine bezahlte Rechnung von 1947. Willst du sie haben?«

»Nein.«

»Eine Notiz in der Times über dein erstes Stück.«

»Eine gute?«

»Nicht sehr.«

»Zerreiß sie!«

»Ein Patentmarmeladelöffel ohne Griff, den du vor einigen Jahren reparieren wolltest. Soll ich ihn aufheben?«

»Zu spät dafür. Wirf ihn weg!«

»Eine Fotografie deines Patenneffen mit sechs Wochen.«

»Er ist inzwischen siebzehn geworden – Papierkorb!«

»Die Mützenkokarde von deinem Regiment. Hat so was einen Wert?«

»Keinen. Aber heb sie auf.«

»Und was ist das? Puh!«

»Wirf das nicht weg, es ist eine Kaninchenpfote, und ich möchte sie behalten.«

Mary fasste sie mit den vordersten Spitzen ihrer rosa Fingernägel und warf sie ihm in den Schoß. Ting und Thai waren auf der Jagd, aber die jüngeren Mitglieder der Familie saßen auf dem Teppich und wuschen sich gegenseitig die Gesichter.

»Da, schau, Tootoo! Schau her! Das hat deinem Onkel Ting gehört, als er ein kleines Kätzchen war, und es stammt von einem Tier, das man Kaninchen nennt und das heutzutage vergleichsweise ausgestorben ist.« Charles hielt den beiden die Pfote hin.

Natürlich hatte keines von ihnen bisher ein Kaninchen gesehen, und Charles konnte nicht entscheiden, ob irgendetwas das unterbewusste Erbgedächtnis ihrer Rasse aufrührte, oder ob der Anblick des Fells und der modrige Geruch eines Kaninchenfußes – jetzt, sieben Jahre nachdem er von seinem Besitzer getrennt worden war – in ihnen uralte Jagdinstinkte weckte. Jedenfalls waren sie da vom Teppich aufgesprungen, wie wenn in Wimbledon der erste Aufschlag ins Aus flitzt.

Mit gespreizten Krallen und gebleckten Zähnen, knurrend wie ein Pantherpärchen fuhren sie auf das Stück trockenen Knochens mit etwas Fell los. Sie rissen es Charles aus der Hand, und jedes von ihnen klammerte sich an ein Ende.

Eine Minute lang ließen sie nicht los, ihre Schwänze zuckten vor Aufregung, und wenn sie den inzwischen feucht gewordenen Pelz etwas von ihren Zungen wegschieben konnten, fauchten sie gefährlich. Dann aber zog Tootoo, der stärkere von beiden, mit einem unerwarteten Ruck an seinem Ende, und Tania fiel hin, während sie die Beute aus dem Griff verlor. Tootoo nahm den Kaninchenfuß so ins Maul, dass er wie ein sehr alter Hauptfeldwebel mit einem schweren grauen Schnurrbart aussah, und rannte unter den Sekretär. Dort legte er die Pfote auf den Teppich und sah darüber hinweg Tania an, wobei er noch immer knurrte. Tania machte einen Schritt zu ihm hin, und augenblicklich packte Tootoo seine Beute wieder, während seine Augen einen bösen und sein Gesicht einen drohenden Ausdruck annahm.

Er vertraute allmählich darauf, dass er die taktische Lage beherrschte, und so ließ er den Kaninchenfuß wieder aus dem Maul. Er krümmte seine eine Pfote wie einen Lachshaken und schnellte damit nach dem toten Fuß, den er an einer Kralle in die Luft hob und dann wieder hinlegte.

Tania hatte mittlerweile angefangen, sich zu waschen. Sie erweckte dabei den Eindruck, dass sie sich rein um gar nichts anderes kümmern konnte. Aber ihre Augen ließen, wie Charles von seinem Platz aus sehen konnte, nicht einen Augenblick lang die aufgeweichte Pfote los. Und als Tootoo sie gerade zwei Zentimeter zu weit von sich wegstieß, schoss Tania wie der sprichwörtliche geölte Blitz darauf los. Sie zog die Pfote unter seiner schwarzen Nase weg, und mit einem Satz war sie auf dem Bücherregal – ein hübscher weiblicher Feldwebel, mit einem schweren braunen Schnurrbart.

»Wer ist das?«, rief Mary. »Irgendwer steht draußen mit einem Auto.«

»Bleib jetzt da, richte dich etwas her und lass mich sie empfangen.«

Mary sah zum Fenster hinaus. »Es ist eine Frau. Ich habe sie noch nie gesehen.«

Charles sah seiner Frau über die Schulter. »Sieht nicht schlecht aus«, stellte er fest. »Vielleicht will sie den Weg irgendwohin wissen.«

»Sie kommt herein. Schnell, Charles, räum ein bisschen auf!«

»Nein, nein, ich werde sie an der Tür abfertigen.«

Er ging aufmachen. Draußen auf dem Gartenweg stand eine große Dame von vielleicht dreißig Jahren, die, wie Charles nun ganz genau erkannte, sehr gut aussah. Er entschied sich, sie nicht einfach abzufertigen.

»Ich bitte um Verzeihung, dass ich Sie störe«, sagte sie.

»Aber gar nicht, wirklich nicht. Wollen Sie nicht hereinkommen?«

»Sehr liebenswürdig.« Und sie trat ein mit einem jener Lächeln, die auf Charles, wenn sie von einer hübschen Frau kamen, so wirkten wie ein heißer Teller auf Butter. Mary kam ihr von der anderen Seite entgegen.

»How do you do?«, sagte sie, als ob sie eigentlich fragen wollte: Was willst du nur hier?

»Sind Sie Mrs Warren?«

»Ja.«

»Ich bin Mrs Nelson, und ich bin gekommen, um mich nach Ihrer Scheunenwohnung zu erkundigen – sie ist doch zu vermieten?«

Marys Gesichtsausdruck änderte sich völlig. Jeder, der diese Wohnung mieten wollte, war ihr herzlich willkommen.

»Kommen Sie doch mit ins Wohnzimmer. Unglücklicherweise habe ich gerade aufgeräumt, und deswegen liegt alles durcheinander, und die Katzen haben eine Kaninchenpfote bekommen, aber sonst …«

»Wollen Sie die Wohnung für sich selber?«, fragte Charles – fast ein wenig zu interessiert.

»Ja, doch. Auf ein halbes Jahr. Mrs Patterson hat mir davon erzählt. Sie war vor zwei Jahren hier.«

»Ja, natürlich«, sagte Mary. »Wollen wir nicht hinübergehen und die Wohnung ansehen?«

»Ich habe schon alles darüber gehört und weiß, dass sie bezaubernd ist. Aber die Sache kann einen Haken haben – ich meine, von Ihrem Standpunkt aus.«

»Ach? Und was soll das sein?«

»Sie haben Katzen, und ich habe einen Hund.«

Mary sah Charles an. Als das letzte Mal eine Meute Jagdhunde auf dem Weg zur Treibjagd an ihrem Haus vorbeigekommen waren, war einer von ihnen über die Hecke gesprungen, und er hatte Ting aufs Dach des Werkzeugschuppens gehetzt. Charles hatte sich revanchiert, indem er sein Gewehr hervorgeholt und gedroht hatte, er würde nicht nur die ganze Meute, sondern auch gleich noch ihren Hundeführer erschießen. Es hatte Mary viel Zeit und Mühe gekostet, beim Einkaufen in Weet wieder halbwegs normale Beziehungen zur Bevölkerung herzustellen, und die Frau des Hundeführers hatte sich geweigert, zu Marys Weihnachts-Cocktailparty zu kommen. So war also die Situation etwas verquer. Es wäre schade gewesen, wenn Mrs Nelson eines

Tages erschossen auf dem Hof hinter der Scheune gelegen hätte – selbst wenn Charles nicht gerade deshalb aufgehängt werden würde …

»Was für einen Hund?«, fragte Mary.

»Eine große Dänische Dogge.«

»Hetzt er Katzen?«, fragte Charles.

»Ich habe es noch nicht feststellen können. Es ist ein sehr gutmütiges Tier.«

»Kommen Sie mit mir und sehen Sie die Scheune an«, sagte Mary, die vorsorglich das Gesprächsthema wechseln wollte.

Sie gingen zur Tür hinaus und den Gartenweg hinunter, während sich Charles zu seiner Arbeit in den ersten Stock zurückzog.

Ting und Thai, des Jagens im hohen Gras überdrüssig, haschten auf dem Rasen nach einem Schmetterling.

Das erinnerte Mary an eine Situation vor einigen Jahren, als sie und Charles bei einer sehr unerschrockenen, aber zugleich auch sehr, sehr romantischen Entdeckungsreisenden eingeladen waren. Ihre Gastgeberin war felsenfest davon überzeugt, dass sie ein sensibles Auge und einen tiefen Sinn für Schönheit besaß, und darüber hinaus gab sie deutlich zu verstehen, dass Schönheitssinn etwas war, was sie Leuten wie Mary und Charles nicht zutraute. Sie schilderte, wie ihr Herz beim Sonnenuntergang am Roten Meer stillstand. Wie es in gleicher Weise stillstand, als sie die Dämmerung über die Rocky Mountains fallen sah. Und wie es wiederum stillstand, als sie den Taj Mahal erblickte. Mary hatte sich damals gefragt, wie sie es mit einer derartigen Angina pectoris fertiggebracht hatte, so viel zu reisen. Schließlich hatte sich die große Erzählerin an Charles gewandt, und ihr wackeres Herz pochte noch immer erinnerungsgeschwellt.

»Nun sagen Sie mir aber, Mr Warren«, fragte sie, wie wenn sie nach der Lektion ans Examinieren ginge, ob auch alle aufgepasst hatten: »Sagen Sie mir, was war das Schönste, das sie je auf der Welt gesehen haben?«

Ohne Zögern hatte Charles geantwortet: »Zwei Siamkatzen, die einem Schmetterling hinterherjagen.«

Mary konnte sich auch noch gut an das Schweigen erinnern, das darauf folgte, und wie ein anderer Gast, während er Charles entgeistert anstarrte, sie um das Salz gebeten hatte, obwohl ein Salzfässchen vor ihm stand ...

»Sind sie nicht entzückend?«, rief Mrs Nelson aus. Beide standen auf den Hinterbeinen, während ihre Vorderpfoten jedes Mal in die Luft griffen, wenn der verfrühte Schildpattfalter über ihre Köpfe huschte. Wie er sich drehte und wendete, so drehten und wendeten auch sie sich, ein- oder zweimal die Balance verlierend, dann wieder sicher auf den Hinterbeinen stehend und in den Himmel haschend. Der Schmetterling, der alle Vorteile auf seiner Seite hatte, schien Gefallen an dem Spiel zu finden. Doch als es ihn offenbar plötzlich langweilte und er unversehens über die Rosenhecke davonglitt, packte Mary Thai an der Schwanzwurzel und warf ihn sich mit einem Schwung in den Arm.

»Um Gottes willen! Mögen sie denn das?«

»Sie lieben es. Sie haben es gern, wenn man sie am Schwanz hält, damit sie sich gegen einen werfen können.«

Mrs Nelson streichelte Thais Ohren und bekam dabei auch die sanften Polster an seinen Pfoten zu spüren.

»Der hier ist im Augenblick ein bisschen launisch, weil wir noch zwei Kätzchen gekauft haben. Ich glaube, es ist Eifersucht.«

Beim Klang dieses Wortes sprang Thai ihr aus den Armen.

»Es gibt kein Zweifel, dass sie beide Hunde ziemlich gern haben. Nur mein Mann ist in solchen Fällen etwas nervös.«

»Das ist ja ganz verständlich«, stimmte Mrs Nelson zu, als Mary sie über die Straße zur Scheune führte.

Es gibt eine Sache auf der Welt, der keine Katze, von welcher Art auch immer, widerstehen kann, und das ist die warme Kühlerhaube eines Autos. Als die menschlichen Stimmen verklangen, sprang Ting über die weiße Gartentür. Er landete sicher auf der Fahrbahn, und Thai folgte ihm. Immerhin eine Gelegenheit, dachte er, seinen Sinn von jenem geschmacklosen Wort abzulenken. Ting schnupperte an den Vorderrädern, um sich zu versichern, dass das Auto stand, dann sprang er elegant auf den Kotflügel und von da auf die Kühlerhaube. Thai war ungeschickterweise auf der Straße in eine noch nicht ganz ausgetrocknete Pfütze getreten, und seine Schmutzpfoten musterten den glänzenden schwarzen Lack mit zierlichen braunen Spuren.

Ting ließ sich nieder, wärmte sich dabei die Hinterbeine und betrachtete die Windschutzscheibe. Er starrte lang in sie hinein und durch sie hindurch, bis er schließlich sagte: »Siehst du auch, was ich sehe?«

Thai sah in dieselbe Richtung, und sein Körper wurde stocksteif. Beide blicken in ein riesiges Gesicht, das sie über das Lenkrad hinweg ebenfalls anstarrte. Dieses Gesicht besaß zwei große Augen, die etwas blutunterlaufen waren, kräftige braune Hängeohren und lange Lefzen, die von den Wangen herunterhingen.

Ting erkannte augenblicklich, dass es nicht jener braun-weiße Köter war, der ihn damals aufs Dach des Werkzeugschuppens gejagt hatte. Dieser Hund hier hatte einen freundlicheren Ausdruck, und in seinen Augen schien ein Lächeln zu liegen. Als er sprach – und er war es, der es zuerst tat – klang seine Stimme tief und behaglich, als ob er gerade einen Golfball halb hinuntergeschluckt hätte.

»Wie geht es Ihnen?«, hob er an. »Leben Sie hier?«

Ting vergab sich nichts. »Schon möglich«, antwortete er kurz angebunden.

Eine Spur Speichel lief dem Hund auf die Brust hinunter. »Entschuldigen Sie«, sagte er höflich, als er ihn wieder hochzog. Dann fuhr er fort: »Es ist mir sehr angenehm. Die Dame, mit der ich zusammenlebe, denkt daran, das Ding dort drüben zu mieten.« Er wandte seinen riesigen Kopf der Scheune zu. »In diesem Fall werden wir Nachbarn sein … Sie kommen doch wohl von Siam?«

»Unsere Familie stammt daher. Woher kommt Ihre?« »Gradewegs aus Dänemark.«

»Wie heißen Sie?«, fragte Thai, der nicht abseits stehen wollte.

»Wie ich heiße?« Der Däne sabberte wieder etwas, seine lange Zunge kam zum Vorschein und leckte seine Lefzen ab.

»Ich bin *Prinz Hansel von Kopenhagen*, aber gegenwärtig habe ich diesen Titel abgelegt. Sie wissen ja, wie es heutzutage ist, da jeder Promenadenmischling sich für unsereinen hält. Deshalb nennt die Dame mich Oscar.«

»Ich habe meinen Titel ebenfalls abgelegt«, bemerkte Ting beiläufig.

»Er ist der Sohn von Ajax, der drei Erste und zwei Zweite gewonnen hat.« Thai erteilte diese Information ziemlich stolz. Er war nicht dafür, dem Prinzen das ganze Rampenlicht zu überlassen.

»Und mein eigentlicher Name lautet: *Baron Buddha von Bangkok.*«

Ting blickte in das riesige Gesicht, um zu sehen, welche Wirkung diese Feststellung dort hervorriefe, aber sie schien wenig darin auszulösen. So fuhr Ting fort: »Hier bin ich als Ting bekannt …«

Das Gesicht löste sich in eine Girlande von Lächeln auf. »Welch außergewöhnlicher Name! Warum?«

Ting überlegte einen Augenblick, ob er fortfahren sollte. Aber, immerhin, unter Freunden – warum also nicht?

»Nach der Verheiratung meiner Mutter mit Ajax«, begann er, »und bevor ich unterwegs war, hatte jemand bemerkt, dass Ajax ziemlich alt würde. So sagte dieser Jemand, als ich geboren wurde: Beim Zeus, für Ajax ist die letzte Runde eingeläutet – tingeltingeling.« Normalerweise erzählte Ting nicht diese Geschichte, aber er dachte, sie wäre gerade das Richtige für einen alten Hund.

Oscar lachte, und dann meinte er: »Entschuldigen Sie vielmals meine Unhöflichkeit – aber wollen Sie nicht hereinkommen? Ich fürchte nur, ich kann die Tür nicht öffnen, aber wenn es Ihnen nichts ausmacht, durchs Dach zu klettern …«

»Vorzüglichen Dank«, sagte Ting, indem er aufs Verdeck sprang.

»Am besten ist's, Sie springen mit den Vorderpfoten nach dem Lenkrad – nein, nein, nicht so – so!«

Ting kletterte als Erster hinunter, ließ sich vorsichtig zwischen zwei riesige schwarze Beine gleiten und stieg dann hinüber auf den Sitz neben dem Fahrerplatz. Thai folgte ihm.

»Was wird einem hier alles geboten? Schöne Spazierwege?«

»O ja, mehr als genug. Weet liegt nur eineinhalb Kilometer entfernt. Sie können es durchs Fenster erkennen.«

»Und gibt es dort einen anständigen Metzger?«

»Einen ganz vorzüglichen.«

»Ich sehe keinen Grund«, fuhr Oscar fort, »warum wir uns untereinander nicht mit unseren rechtmäßigen Titeln anreden sollten. Wenn Sie mich *Prinz* nennen wollen, wird es mir ein Vergnügen sein, *Baron* zu Ihnen zu sagen.«

»Und mich könnt ihr *Seine Katzellenz, den Erzbischof von London-Eastend* nennen, wenn's euch Spaß macht, ihr drei alten Trottel.«

Alle drei sahen auf, und sie erblickten ein grinsendes Gesicht auf der Kühlerhaube.

»Ich bitte sehr um Verzeihung, mein Prinz, ich bitte ganz außerordentlich um Verzeihung, ich kann nichts weiter sagen, als dass dies eine Sache ist, die einen schamrot werden lässt.«

»Geh von dem Auto herunter, Tootoo, und zwar sofort!« Marys Stimme kam von der anderen Straßenseite herüber.

»Entschuldigen Sie, Mrs Nelson. Es ist die Wärme, wissen Sie, die es ihnen angetan hat.«

»O nein, er hat keinen Schaden angerichtet. Ich kann es

leicht abwischen.« Und sie nahm einen Lappen aus dem Kofferraum.

»Ich finde hier alles wunderbar. Es ist also nur die Frage, ob Ihr Gatte etwas gegen Oscar einzuwenden hat.«

Mary hatte schon in das Auto gesehen: »Es sieht gerade so aus, als ob sich dieses Problem bereits von selber gelöst hätte. Schauen Sie!«

Ting und Thai taten ihr Bestes, Tootoos unmögliches Benehmen wieder gut zu machen. Ting rieb seinen Kopf gegen die königliche Schulter des Prinzen, und Thai leckte angelegentlich die Spitze des prinzlichen Schwanzes.

»Kaum zu glauben!«, rief Mrs Nelson erstaunt. Sie öffnete die Autotür, und beide Katzen sprangen heraus.

»Dann werden wir Sie also nächste Woche erwarten.« Mary lachte.

»In Ordnung.« Mrs Nelson stieg ins Auto und schob den königlichen Brocken von ihrem Sitz.

»Good-bye.«

Als das Auto wegfuhr, rief Mary zu Charles hinauf:

»Hast du das gesehen, Charles?«

»Natürlich habe ich es gesehen.«

»Ist es nicht wundervoll?«

»Doch, sie ist entzückend.«

»Ich spreche nicht von ihr – hast du Ting, Thai und den Hund gesehen?«

»Mach dir keine Sorgen deswegen«, rief Charles. »Ich hoffe, du hast sie genommen.«

»Ob du den Hund gesehen hast, habe ich gefragt.«

»Mach dir wirklich keine Sorgen wegen des Hundes. Lass

sie die Wohnung haben. Sie wird die Aussicht von diesem Fenster verbessern.«

Und mit diesem angenehmen Gedanken wandte er sich wieder seiner Arbeit zu.

# Fünfzehn für unterwegs

Solang man nüchtern ist,
Gefällt das Schlechte,
Wie man getrunken hat,
Weiß man das Rechte.
(Von einem wenig gelesenen Dichter,
häufig ebd. und a.a.O. genannt)

Charles hatte die Angewohnheit, jeden Abend seinen Schreibtisch so zu ordnen, wie er ihn am Morgen vorzufinden wünschte. Die Schreibmaschine musste mit ihrer Hülle zugedeckt sein. Ein Stoß Kanzleipapier DIN A 4, liniert oder kariert, fertig zum Gebrauch am nächsten Tag, lag rechts neben der Maschine. Ein freier Raum auf der linken Seite war für beschriebene Blätter vorgesehen.

Da Miss Flock nicht vor acht Uhr morgens kam und da Charles es überdies nicht gern hatte, wenn sie in seinem Handwerkszeug herumkramte, leerte er die Aschenbecher nachts selbst aus. Außerdem öffnete er das Oberlicht, um das Zimmer zu lüften.

Halbrechts vor sich hatte er stets ein Exemplar seines Romans *Roundhook Farm* liegen, der sich in Amerika immer noch gut verkaufte. Charles sah das Buch als Talisman für künftige Erfolge an.

Links neben dem Mahagonischreibtisch, dessen Platte mit rotem Leder bezogen war, stand ein Korb aus Drahtgeflecht, in den Charles alles warf, was er nicht wiederzusehen wünschte – zum Beispiel Einkommensteuererklärungsformulare und Telefonrechnungen.

Als Letztes, bevor er zu Bett ging, pflegte er jedes Mal ein Polster für Tootoo auf seinen Stuhl zu legen.

Tania war glücklich, wenn sie in der Küche bei Ting und Thai schlafen durfte. Tootoo dagegen hatte sich anders entschieden: Er zog es vor, allein zu schlafen. So blieb die Tür zu Charles' Arbeitszimmer abends stets offen, und früher oder später kam dann Tootoo die Hintertreppe herauf, um schlafen zu gehen. Wenn Mary und Charles abends ausgegangen waren und Tootoo bereits schlief, pflegte er, wenn er Schritte in der Diele hörte, von seinem Polster aufzuspringen und mit einem Willkommensschrei die Treppe hinunterzustürzen. Von der sechsten Stufe von unten, die sich etwa in der Höhe von Charles' Kopf befand, sprang er ihm dann mit einem Satz auf die Schulter. Durch sein aufgeregtes Schnurren hindurch war ein erleichtertes Aufatmen darüber zu vernehmen, dass sein Mann wieder heil heimgekommen war. Dies alles war zu einer festen Gewohnheit geworden, und Charles hatte sie so liebgewonnen, dass er jedes Mal aufs Neue gerührt war.

Eines späten Abends hatte Charles Tootoo gerade zu Bett gebracht, als Mary aus der Küche gerannt kam. »Tania niest«, sagte sie. »Ihre Nase ist ganz heiß, und ihre Augen glänzen fiebrig. Ich fürchte, es ist Katzenfieber.«

»Am besten, du wickelst sie warm ein«, sagte Charles, während er die Treppe herunterkam.

»Sie liegt warm, sie liegt zwischen Ting und Thai. Ich rufe den Tierarzt an.«

»Du kannst doch jetzt nicht den Tierarzt anrufen. Es ist halb eins.«

»Ich kann nicht? Du wirst sehen, wie ich kann.« Und sie nahm den Hörer.

»Hallo?« Am anderen Ende der Leitung antwortete eine verschlafene Stimme. »Sind Sie's, Mr Collins? Ich habe Sie doch wohl nicht aus dem Schlaf geweckt, nicht wahr? Doch! Wie dumm von mir!«

»Selten dumm«, murmelte Charles.

»Tania niest ... Ja, ich weiß, wir hätten es vorher tun sollen, und es ist ganz und gar mein Fehler ... Ich nehme an, Sie tun's nicht ... Doch? Sie sind ein Engel, Mr Collins, ein richtiger Engel ... In zwanzig Minuten ... Ja ... Auf Wiedersehen!«

Sie legte den Hörer auf.

»Wie kannst du nur so etwas tun?«, fragte Charles.

»Hör jetzt auf, dramatisch zu sein«, sagte Mary. »Ich kenne meinen Mr Collins.«

»Aber er ist im Bett!«

»Ich weiß das genausogut wie du – aber ich weiß auch, dass er einen Narren an mir gefressen hat. Er hat ein Etwas im Blick, das ganz unmissverständlich ist. Er sehnt sich danach, zu kommen; hol also einstweilen den Whisky.«

Eine halbe Stunde später öffnete Charles die Haustür. »Das ist schrecklich nett von Ihnen, Collins«, sagte er.

»Aber gar nicht. Siamkatzen haben's mir angetan.« Und sein Blick wanderte auf der Suche nach Mary durch die Diele.

Es war ein kleiner Mann mit einem kahlen Kopf, und er trug eine braune lederne Arzttasche.

»Sie sieht so klein und eingeschrumpft aus – das arme gute Ding«, sagte Mary, die Tania im Arm hielt, während Mr Collins die Spritze herrichtete.

Tania konnte kaum den Einstich der Nadel fühlen, aber sie sah ganz erbärmlich zu Mary auf, als das Serum in ihre Adern eindrang.

»Es ist besser, wir machen's auch gleich bei Tootoo«, sagte Charles und holte ihn.

»Für Sie einen Whisky mit Soda?«, fragte Charles, als die beiden Impfungen ausgeführt waren. Und sie gingen ins Wohnzimmer, wo Ting saß, den der Lärm aufgeweckt hatte.

»Auf die blauen Augen!«, sagte Mr Collins, als er sein Glas erhob. Charles dachte, er hätte Ting zugetrunken, aber das war falsch. Mary deutete eine leichte Verbeugung an, um für das Kompliment zu danken.

»Der Kummer mit den Siamesen ist«, sagte Mr Collins, während er sich bequem in den Sessel zurücklehnte, »dass sie die Krankheit verachten und oftmals zu stolz sind, dagegen anzukämpfen. Ich hoffe nur, dass ich ihr die Spritze rechtzeitig gegeben habe. Ich weiß, dass Sie sie nicht verlieren möchten.«

Seine Worte bohrten Messer in Marys Herz. »Sie glauben doch nicht, dass sie so krank ist?«

»Das Katzenfieber überfällt sie sehr schnell. Und auf jeden Fall wird es ihr ein paar Tage lang arg schlecht gehen. Halten Sie sie recht warm und schenken Sie ihr viel Liebe. Darauf reagieren sie gut. Nun, ich glaube, wir alle tun das.«

Er gab einen tiefen Seufzer von sich, und Mary stand auf, um ihm noch einen großen Whisky mit Soda einzugießen.

Es war halb drei, als Mr Collins ging.

»Was wird er für die Impfungen verlangen?«, fragte Charles, als er wieder hereinkam, nachdem er Mr Collins ans Auto gebracht hatte.

»Ich weiß nicht recht. Ich nehme an, dreißig Shilling.«

»Das nächste Mal wollen wir ihn aber am Vormittag rufen, nicht? Zusammen mit einer halben Flasche Whisky kostet mich das fast drei Pfund.«

Mary weigerte sich, darauf zu antworten, stattdessen stürzte sie, Tania im Arm, ins Schlafzimmer.

Fünf Tage lang lag Tania auf einer Wolldecke vor dem Ofen im Schlafzimmer, und nachts schlief sie am Fußende von Marys Bett. Fast während dieser ganzen Zeit stand ihr Mund weit offen, und Charles konnte ihren keuchenden Atem bis in sein Badezimmer hören. Mary schlief in diesen Nächten nur wenig, denn immer wieder wurde sie von den kläglichen erstickten Schreien geweckt, wenn Tania versuchte, den Schleim aus ihrer Kehle zu bekommen. Charles konnte untertags nur wenig arbeiten, und er verbrachte seine Zeit damit, Postkarten an Sandra ins Internat zu schreiben. Der ganze Haushalt, einschließlich Miss Flock, befand sich im Zustand geistiger Verwirrung.

Dann endlich, am Morgen des sechsten Tages, ereignete sich das Wunder. Mary kniete gerade neben dem mageren kleinen Körper, als Tania sagte: »Ich bin schrecklich hungrig.«

»Hast du gehört, Charles? Das ist ihr Schrei nach Fressen. Ich weiß, dass er es ist.«

Bis jetzt hatte man Tania nur mittels eines alten Füllfederhalters, dem die Feder fehlte, etwas einflößen können. Nun rannte Mary in die Küche hinunter, kochte hastig einen

Weißfisch und löste, als er gar war, das Fleisch von den Gräten. Doch Tania, zu schwach, um aufzustehen, konnte nur im Liegen etwas davon versuchen. Aber schließlich hatte sie doch etwas Festes gefressen, und Mary wusste, dass das Schlimmste vorüber war.

Mr Collins, dem es nur darauf ankam, Mary wiederzusehen, bestätigte diese Neuigkeit am Abend, und er blieb da, um mit dem Rest in der Flasche aufzuräumen.

Nach einer Woche hatte sich Tania wieder völlig erholt, und sie jagte Tootoo rund ums Haus und biss ihn in die Fersen.

»Hast du Lust«, sagte Mary eines Morgens, als sie die Post öffnete, »zur Cocktailparty bei den Langleys zu gehen? Da ist eine Einladung gekommen.«

Charles war nie sehr von Cocktailpartys angetan. »Muss es sein?«

»Ich meine, du solltest schon gehen. Es lenkt dich etwas von deiner Arbeit ab, und du weißt nicht, wen du dabei treffen kannst. Ich werde heute zusagen.«

Zwei Wochen später machte Mary im Schlafzimmer ihr Make-up, als das Telefon läutete. Sie rief nach Charles, der im Badezimmer damit beschäftigt war, seinen besten dunklen Anzug anzuziehen, um darin Eindruck auf Mrs Langley zu machen.

»Sicher für dich, Liebling. Willst du das Gespräch unten annehmen?«

»Ich ziehe mich gerade an. Tu's du doch, bitte!«

Mary wischte sich die Creme von den Händen und nahm den Hörer.

»Hallo … Ja … Ein Telegramm? Warten Sie bitte, ich will einen Stift holen … Ja, jetzt bin ich so weit … An Charles Warren … Ja. Habe Sie einen Tag lang angerufen … Ja. Anglo-Hollywood-Associated anbietet – ja – was? … Fünfzehntausend – sagen Sie es noch einmal … Ja. Fünfzehntausend … Filmrechte Roundhook Farm … Ja … Pfund, nicht Dollar – ja? Rufen Sie mich morgen früh an. Unterschrift Nick … Nein, bitte, bleiben Sie noch da, wiederholen Sie doch bitte alles … Ja … Ja … Ja, schicken Sie bitte noch eine Bestätigung. Vielen Dank …

»Charles!«, schrie sie, bevor sie noch den Hörer aufgelegt hatte. »Charles!« Und sie rannte ins Badezimmer. Charles schlüpfte gerade in die Hose.

»Ein Telegramm von Nick – man bietet dir fünfzehntausend Pfund für die Filmrechte an *Roundhook Farm.*«

Als Mary ihm in die Arme stürzte, rutschte ihm die Hose zu Boden, und er stand in der Unterhose da.

»Das ist nicht wahr!« Mehr konnte er nicht sagen.

»Es ist wahr. Schau, ich habe mitgeschrieben.«

Charles las das Telegramm. »Bist du ganz sicher, dass du richtig mitgeschrieben hast?«

»Natürlich. Und vergiss nicht, morgen früh Nick anzurufen.«

In einem Zustand fiebriger, glühender Erregung fuhr Charles zur Party von Mrs Langley. Mary saß neben ihm und plapperte ununterbrochen.

»Das bedeutet, dass wir jetzt das Dach richten lassen können. Und ich glaube, wir müssen wohl auch einen neuen Wagen haben. Diesen alten Karren haben wir schon seit sieben Jahren. Und wie wär's, wenn wir nächsten Winter nach Spanien fahren würden? Miss Flock kann die Katzen versorgen.«

»Und was hältst du von der Einkommensteuer?«, fragte Charles etwas trübsinnig. »Wenn es der Staat erst einmal in seine Klauen kriegt ...«

»Verdirb uns jetzt nicht die Laune, Liebster«, unterbrach ihn Mary. »Wir wollen es genießen, solang wir es haben, nächstes Jahr können wir beide schon tot sein.«

»Wir wollen also jedenfalls den Gedanken daran genießen. Fünfzehntausend echte, volle und ganze Pfunde! Denk nur!«

Er dachte während der ganzen Fahrt zu Mrs Langley daran.

Es war eine große Gesellschaft, nach den Autos vor dem Haus zu schließen. Wegen der Aufregung, die das Telegramm ausgelöst hatte, kamen die Warrens etwas spät; und Charles hatte das Gefühl, dass er wenigstens drei Martinis hinter den anderen zurücklag, und so beschloss er, mit einem gründlichen Whiskysoda anzufangen, um etwas aufzuholen.

»Hallo?«, rief Mary, indem sie mehreren Leuten, darunter auch Mrs Nelson, auf einmal zuwinkte. Charles entdeckte den Brigadier Lightfoot, den Hundeführer, und seine Gedanken eilten zu seinem Gewehr.

Der Brigadier sprach mit Mrs Nelson. Sicher redete er ihr, wie sich Charles vorstellte, mit seinen Jagdgeschichten ein Loch in den Bauch. Und da war Mr Collins, der sich wie ein Bagger seinen Weg durch die Menschen bahnte, um Mary festzuhalten. Charles nahm sich einen zweiten Whiskysoda vom Tablett des Butlers.

Er unterhielt sich eine Weile mit Jerry Ponsonby, hauptsächlich über Bücher, denn Ponsonby war ein großer Leser vor dem Herrn, und Charles lieh sich oft etwas aus seiner Bibliothek. Dann bemerkte er, wie ihm Mary über die Schulter von Mr Collins hinweg verzweifelt Zeichen machte. Er hatte sie gegen den Bücherschrank gedrängt, und Charles fand das etwas seltsam, denn seines Wissens las Mr Collins nie ein Buch. Charles schlängelte sich durch die Menge.

»Ihre Gastgeberin«, log er Mr Collins an, »sucht jemanden, der hilft, die Sofas zu verschieben.«

Mr Collins, der bisher noch nie zu einer der Partys von Mrs Langley eingeladen war, achtete sehr darauf, sich nützlich zu machen, und mit einer Entschuldigung zu Mary bahnte er sich seinen Weg hinüber zum Büfett.

»Danke, Charles«, sagte Mary aufatmend. »Er entwickelte sich zu einer Nervensäge.«

»Was hat er alles gesagt?«

»Er hat mir alles über seine Frau erzählt und versichert, wie glücklich du seiest. Wenn sie damit anfangen, werden sie ermüdend.«

»Findest du nicht, dass ein Drink besonders schön hinunterläuft, wenn fünfzehntausend Pfund im Anmarsch sind?«

»Wie Seide«, antwortete Mary. »Und er erzeugt ein so herrliches Gefühl von Wohlbefinden. – Schau jetzt nicht auf, ich glaube, Julia Lightfoot kommt herüber.«

»Ihr Mann unternimmt eben einen Großangriff auf Mrs Nelson, wie ich sehe.«

»Warum nicht? Sie sieht sehr gut aus.«

»Hast du eigentlich schon herausbekommen, ob es da einen Mr Nelson oder einen Admiral Nelson oder etwas Ähnliches gibt?«

»Er ist passé«, sagte Mary.

»Was meinst du mit passé – ihr Frauen seid immer so dunkel und geheimnisvoll.«

»Wie ich es gesagt habe: passé. Das ist genau das, was Ehemänner zuweilen tun – weißt du das denn nicht?« Sie sah Charles herzlich an: »Aber wag du es bloß nicht!«

Mrs Lightfoot steuerte geradewegs auf Mary zu. Sie bewegte fast zwei Zentner vorwärts und hatte wirklich nichts Anmutiges an sich. Mary fand, sie sah aus wie ein durchgegangener Ackergaul.

»Meine liebe Mary, wo sind Sie denn gewesen? Jahrelang habe ich Sie nicht gesehen. Hallo, Charles.«

»Wir sind immer daheim gewesen. Ich habe Sie zu meiner letzten Weihnachtsparty eingeladen, aber Sie weigerten sich zu kommen.«

»Was war nur los? Ach ja, ich erinnere mich. Alles wegen dieser dummen Sache mit einer Katze. Aber Hubert ist darüber hinweggekommen, also wollen wir uns wieder einmal treffen.«

»Ich glaube, Sie fassen es falsch auf«, sagte Charles. »Es war eine dumme Sache mit einem Köter.«

Mary wusste, dass Charles absichtlich Julia Lightfoot zu provozieren suchte, die auch wirklich im Begriff war, darauf hereinzufallen.

»Hund bitte – falls Sie nichts dagegen haben.«

»Tut mir leid, wie dumm von mir! Aber ich dachte immer, Sie nennen sie Köter.«

Mrs Lightfoot schlürfte ihren Cocktail. »Halten Sie noch immer diese schiefäugigen Viecher mit den grässlichen Stimmen?«, fragte sie.

»Die schiefen Augen hat man ihnen leider weggezüchtet. Eigentlich schade, denn ich hatte sie gern. Sie erinnerten mich immer so sehr an gewisse menschliche Wesen, die nach zwei Cocktails nicht mehr recht gerade sehen können.«

Das war, wie Mary genau wusste, ein direkter Hieb auf Julia, die ihre Drinks häufig zu sehr liebte. Mary musste jetzt augenblicklich das Thema wechseln.

»Haben Sie in der letzten Zeit gute Stücke gesehen, Julia?«

Julia überhörte die Frage.

»Ich kann einfach nicht verstehen«, sagte sie, »warum jemand keinen Hund hält.«

»Was mich betrifft, so kann ich Ihnen ein paar gute Gründe dafür sagen.«

Mary kannte Charles' Ansichten über Hunde nur zu gut, und die Situation wurde langsam bedrohlich. »Haben Sie in der letzten ...«, begann sie wieder, aber Julia unterbrach sie.

»Dann sagen Sie sie, ich bin gespannt.«

Charles nahm einen tiefen Schluck, dann begann er. »Ich selbst liebe Hunde – also bitte stellen Sie sich nichts Falsches vor. Aber zu jedem Hund gehört ein menschliches Wesen, und das ist der Teil daran, den ich nicht mag. Es war doch wohl Gilbert Keith Chesterton, der bemerkt hat: Ich mag einen Hund so lang, bis man anfängt ihn anzubeten. – Nun, sehen Sie einmal da hinüber, Julia – dorthin zum Fenster. Kennen Sie die Frau mit dem roten Hut?«

»Nein.«

»Sie heißt Mrs Ransford. Und sehen Sie den Hund in ihrem Arm?«

Julia Lightfoot reckte ihren Hals über die Köpfe von fünfzig Leuten. »Ist es ein Pudel? Ja, es ist einer.«

»Sie haben recht, es ist ein Pudel. Gut. Aber wurde dieser Pudel zu dieser Gesellschaft eingeladen? Nein, er wurde nicht zu dieser Gesellschaft eingeladen. Wir waren nämlich gestern Abend bei Mrs Ransford, und ich sah die Einladung auf dem Kaminsims. Es stand nichts von einer Einladung eines Pudels darin.«

»Schön. Aber was ist dabei?«

»Was dabei ist? Allerhand ist dabei. Vor einem halben Jahr war Mrs Ransford bei uns zum Abendessen. War der Pudel eingeladen? Nein, er war nicht eingeladen. Aber er kam dennoch. Und mit den zwei Katzen, die wir damals im Haus hielten, hatten wir den ganzen Abend lang nicht einen ruhigen Augenblick, und das war nicht die Schuld meiner Katzen.«

Er stellte sein leeres Whiskyglas auf ein Tablett und nahm einen Martini. Nun war er in voller Fahrt, und nach weiteren zwanzig Minuten, bis Julia Lightfoot gegangen war, zog ihn Mary beiseite.

»Weißt du eigentlich, Liebster«, sagte sie, »dass du nach dem Whisky bereits vier Martinis getrunken hast?«

»Wen stört's?«, fragte Charles, während er seinen fünften Martini vom Tablett nahm.

Es war fast drei viertel zwölf, als sie das Haus verließen, und als Charles auf dem Heimweg eine Kurve verwegen scharf nahm, fragte Mary: »Bist du sicher, dass mit dir alles in Ordnung ist?«

»Ganzngar Nordnung.«

»Ich habe nur den Eindruck gehabt, dass du diese Kurve etwas schnell genommen hast.«

»Ecke warnich da, wie wir gekommen sind.«

»Willst du nicht doch lieber mich steuern lassen?«

»Warum? Zwei Leute können nicht miteinander das Rad halten.«

»Weißt du, dass du fünfzehn Drinks in dir hast?«

»Weiß. Einen für jedes Tausend Pfund. Fünfzehntausend Pfund.«

Seit Jahren hatte Mary Charles nicht mehr so beschwipst gesehen, und als er endlich den Wagen, knapp an einem Pfosten vorbei, in der Garage hatte, seufzte sie erleichtert auf.

Jedenfalls waren sie glücklich und heil zu Hause. Morgen würde er einen schrecklich dicken Kopf haben und sich über sich selber schämen. Mary schloss die Hintertür auf und ging in die Küche.

»Ich werde dir ein Glas Milch geben«, sagte sie. »Das wird dich beruhigen.«

»Was beruhigen?«

»Den Gin.«

»Mag keine Milch nicht. Mag Tootoo sehen.« Und er ging, ein bisschen unsicher, in die Diele.

Er konnte das sanfte Tappen Tootoos hören, als der im Arbeitszimmer im ersten Stock vom Stuhl sprang, um hinunterzugehen und Charles zu begrüßen. Aber er kam nicht weiter als bis zur obersten Treppenstufe.

Dort saß er kerzengerade, den Schwanz um alle vier Pfoten gelegt, und blickte Charles an.

»Komm! Los! Auf die Schulter!«

Doch Tootoo blieb sitzen.

Charles drohte ihm mit dem Finger. »Die Eule und die Miezekatz, die gingen auf das Meer – kapiert, Tootoo? – Die Eule und die Miezekatz, die gingen auf das Meer, in einem wuhuhunderschönen erbsengrünen Boot. Honig hatten sie bei sich und haufenweise Geld. Fünffünffünfzehntausend Pfund, Tootootootootootoo, eingewickelt in Fünfpfundnoten …«

Er unterbrach sich für einen Augenblick. »Hörst du auch zu? Wenn du's nicht tust, erzähl' ich dir nichts weiter.«

»Zu wem redest du?«, fragte Mary, indem sie den Kopf aus der Küchentür streckte. »Ich sehe schon. Ist gut.«

»Und die Eule hob den Kopf, hinauf bis zu den Schternen, und sang zu einer winzigen Guitarre

O lieblicher Miez, o Miez, mein Lieber,
Was bist du für ein bezaubernder Miez!
Welch wundervoller Mimiez du bist!«

»Du hast gesoffen«, sagte Tootoo.

»Mary! Was denkst du, hat dieses Bibiest zu mir gesagt? Was denkst du?«

»Ich weiß nicht, Liebster, was denn?«

»Er hat gesagt: *Du hast gesoffen*.«

»Na und, er hat doch recht. Oder?«

»Schon. Aber ich habe nicht die Absicht, mir das von *ihm* sagen zu lassen.«

Tootoo sah ihn mit strengen, unfreundlichen, blauen Augen an.

»Du bist in einer scheußlichen Verfassung. Geh ins Bett!«

»Mary? Mary! Er sagt, ich soll ins Bett gehen. Weißt du, es wird verflucht unverschämt, dieses Katzenvieh.«

»Trink das, Liebster«, sagte Mary, die ihm ein Glas Milch reichte.

Charles schob es beiseite.

»Ich habe jetzt eine ernste Auseinandersetzung mit Tootoo. Ich lasse mich von ihm nicht herunterputzen, wie käme ich dazu? Und er bekommt nicht das Schwarze unter dem Fingernagel von diesen fünfzehntausend Pfund – und nicht einen einzigen Weißfisch.«

»Komm jetzt ins Bett!«

»Ich habe sowieso nicht die Absicht, die ganze Nacht hier stehenzubleiben und mit diesem Kerl zu reden.«

Er folgte Mary durch die Küche und über die vordere Treppe hinauf. Als das Licht ausgelöscht war, sagte er:

»Ssergewöhnliche Sache. Verstand jedes Wort von ihm. Du auch?«

»Ich fürchte, nein.«

»Du musst es nur versuchen, ihre Sprache zu lernen. Nur eine Frage der Intelligenz. Das ist es überhaupt: Sei intelligent.«

»Gute Nacht«, sagte Mary. »Bis morgen.«

# Haus zu verkaufen

Scheußliches kleines Haus zu verkaufen. Kilometerweit zum Bahnhof.
Jede mögliche Unbequemlichkeit. Kein Platz zum Spielen für Katzen.
(Aus dem Anzeigenteil einer Sonntagszeitung.
Haben Sie auch gelesen, oder?)

Als Charles am anderen Morgen aufwachte, lag Thai um seinen Hals gerollt, so dass er kaum imstande war zu atmen.

Tootoo saß aufrecht auf einem Stuhl, weigerte sich aber zu sprechen. Ein Mann kann so etwas nicht einfach tun und dann Verzeihung in den nächsten fünf Minuten erwarten. Pfui! Selbst dort, wo er saß, konnte er seine Fahne riechen.

Mary jedoch war milder gestimmt. »Wie fühlst du dich, Liebster? Geht's dir besser?«

»Sprich dich nur aus, ich werde zuhören«, sagte Charles, und Mary verstand genau, was er damit meinte.

»Seit ich wach bin«, fuhr sie fort, »denke ich immerzu nach – seit sieben Uhr döse und denke ich. Miss Flock habe ich mit dem Frühstückstablett wieder weggeschickt. Ich habe mir gedacht, du kannst das Frühstück doch nicht sehen. Denkst du übrigens noch an das Haus am anderen Ende von Weet? Das wir vor vielleicht einem halben Jahr besichtigt haben, während die Bewohner verreist waren? Ja? Es ist zu verkaufen – und ich meine, wir sollten es nochmals ansehen. Es hat nur einen winzigen Garten, der einem nicht viel Mühe macht. Es kann gerade das sein, was wir beide uns wünschen. Ich habe unser Haus hier sehr gern, aber ich bin nicht so vernarrt darein, dass ich es nicht verlassen könnte. Wir sollten es uns durch den Kopf gehen lassen, Liebster, meinst du nicht auch?«

Doch bevor Charles sich entscheiden konnte, ob er antworten sollte oder nicht, war Thai von seinem Bett hinuntergesprungen. Im selben Augenblick war Tings mächtiger Dickkopf drohend vor Marys Gesicht aus der Tiefe des Betts aufgetaucht. Einen Augenblick lang fixierte er Mary, dann sprang auch er, mit einem Schrei der Enttäuschung und der unverhohlenen Wut, zu Boden.

»Was ist heut mit ihnen los? Hat sie etwas geärgert?« Charles wälzte sich auf den Rücken und öffnete mit Mühe die Augen.

»Hast du Tee da?«

»Ich klingle nach Miss Flock.«

»Mir geht's nicht sehr gut.«

»Das überrascht mich gar nicht.«

»Habe ich gestern Abend etwas gesagt, was ich besser nicht gesagt hätte?«

»Du hast Krach mit Julia Lightfoot gehabt.«

»Ich erinnere mich. Aber was nachher war, weiß ich nicht mehr so recht.«

Er dachte etwas nach, aber das Dunkel vor seinem Erinnerungsvermögen wich nicht.

»Das Auto von Mrs Nelson – ist es nicht zusammengebrochen?«

»Es wollte nicht anspringen.«

»Haben wir sie heimgebracht?«

»Nein. Hubert Lightfoot hat sie begleitet.«

»Wer hat mich heimgeführt?«

»Du bist selbst gefahren.«

»Ich kann mich an gar nichts mehr erinnern.«

»Entsinnst du dich auch nicht an deine kleine Auseinandersetzung mit Tootoo?«

»Wo?«

»Auf der Hintertreppe. Er hat dir vorgeworfen, du wärst etwas besoffen oder so ähnlich, hast du gesagt.«

»Er *war* besoffen«, sagte Tootoo auf seinem Stuhl.

Mit einem Ruck setzte sich Charles im Bett auf, während wie eine Flutwelle sein Gedächtnis wiederkehrte.

»Mein Gott – fünfzehntausend Pfund – ich muss doch Nick anrufen, nicht wahr?«

»Es ist schon halb elf.«

Unter Qualen, denn er musste dazu seinen Kopf wenden, hob Charles den Telefonhörer ab. Als er Nicks Nummer wählte, kroch ihm eine leise Angst die Kehle empor. Er bereute es, dass er ein Ei gekocht hatte, das die Henne sozusagen noch nicht gelegt hatte. Durchs Gehirn huschten ihm solche Gedanken: Feiere keinen Sieg, solang der Gaul nicht durchs Ziel ist. Er räusperte sich gründlich, als er die Sekretärin Nicks antworten hörte.

»He, Nick! Ich bin's, Charles. Danke fürs Telegramm ...«

Mary betrachtete das Gesicht ihres Mannes, das plötzlich so lang wurde, dass es alle Ähnlichkeit mit sich selber verlor.

»Warum soll es eine Schwierigkeit geben? ... Sie sind doch mein Agent – warum bekommen Sie's nicht heraus? ... Aber das ist doch wichtig, Menschenskind! Warten Sie doch nicht, bis man Sie anruft, gehen Sie hin und besuchen Sie sie. Sie können sich das doch nicht durch die Lappen gehen lassen! Finden Sie heraus, was los ist – tun Sie doch irgendetwas.«

Charles' Stimme klang niedergeschlagen. »Ja, ich werde ... Gut, rufen Sie mich wieder an ... Auf Wiedersehen.«

»Was ist passiert, Liebster?«

Charles legte den Hörer auf, bevor er antwortete. »Die Anglo-Hollywood-Associated will nicht mehr recht – diese Ungewissheit macht mich wahnsinnig.«

»Dann versuch, an etwas anderes zu denken. Versuch zu arbeiten.«

»Arbeiten?« Er kroch stöhnend aus dem Bett. »Ich nehme ein Bad, und du kaufst vorläufig keine weiteren neuen Häuser mehr, bevor Nick nicht wieder anruft.«

Im Garten, auf einem gelben, weidenumflochtenen Tisch, saßen Ting und Thai im Gespräch.

»Ich war perplex, es jagte mich einfach aus dem Bett.«

Thai sah über die Hecke und über die Marsch hinweg. Schließlich antwortete er: »Ich fürchte, es ist das Geld ... Ist es nicht eine sonderbare Sache mit dem Geld? Wenn die Menschen dazu kommen, verlieren sie allen Sinn fürs richtige Maß, allen Sinn für Benehmen und gesellschaftlichen Anstand. Sie schnappen einfach über.«

»Ich kann es noch nicht glauben«, sagte Ting.

»Ich jedenfalls werde hierbleiben.«

»Mein Lieber, das heißt, deinen Schnurrbart abschneiden, um dein Gesicht zu ärgern. Wenn sie umziehen, müssen auch wir umziehen.«

»Dann werde ich wieder zurückkehren. Schlimmstenfalls können wir hier von Mäusen leben.«

»Ich nicht«, erwiderte Ting. »Nach der dritten kommen sie mir hoch. Mein Magen ist nicht mehr, was er einmal war.«

»Fünf Jahre lang, seit ich ein Kätzchen war, lebe ich nun hier«, sagte Thai voller wehmütiger Erinnerung.

»Und ich? Ich lebe seit acht Jahren hier.« Ting leckte Thais Ohr und dachte eine Weile nach.

»Warum denken sie nur immer, wir seien ihnen restlos hingegeben und ausgeliefert? Ich nehme an, es ist Selbstschmeichelei. Merkt sie denn nicht, dass ich nur deshalb zu ihr ins Bett gehe, weil es dort warm ist? Das hat doch nichts mit ihr selber zu tun! Komische Leute sind sie – sie alle miteinander.«

Er dachte etwas über die Schwächen und die Hinfälligkeit der menschlichen Rasse nach und fuhr dann fort:

»Sie wollen einfach nicht wahrhaben, dass es uns viel mehr als die Menschen der Ort angetan hat, an dem wir leben. Hast du schon einmal von einer Katze gehört, die an einem Platz blieb, an dem es ihr nicht gefiel?«

»Ich will nicht gerade sagen, dass ich sie nicht leiden kann: Irgendwie mag ich sie schon. Und es gehört eben zum Leben als Ganzem, dass sie einen zwischen den Beinen kitzeln, und was dergleichen Unsinn mehr ist. Das ist doch wohl auch deine Meinung?«

»Ja, völlig.«

»Es sind der Garten und das Feld auf der anderen Straßenseite, worum es mir vor allem geht. Wo finde ich wieder so bequeme, gepflegte Beete wie hier? Ich habe mich an meine Sommerschlafplätze gewöhnt, und ich habe nicht vor, nur wegen ihnen meine Lebensweise umzustellen.«

»Und ich kenne jeden Hinterhalt im Acker hinterm Haus bis hinauf zum Blacklock-Hof. Nichts dergleichen an jenem neuen Ort!«

»Wenn ich daran denke«, sagte Thai in verbittertem Ton, »wie ich ihm einst kleine Kaninchen brachte und aufs Bett legte!«

»Das haben sie uns auch noch angetan: all die Kaninchen ausgerottet, ohne uns ein Wort davon zu sagen.«

Thai erwog eine Weile ihre öden Zukunftsaussichten. »Können wir es ihnen nicht irgendwie sagen?«

»Wozu? Sie verstünden doch kein Wort davon. Ja doch, ich weiß, sie redet ununterbrochen davon, dass sie unsere Sprache versteht, aber sie hat noch kein Wort kapiert. Wenn ich nur an die Mühe denke, die uns ihre Sprache gemacht hat! Bis man sich durch all das Baby-Gebrabbel gerackert hat, um zu verstehen, was sie eigentlich will – ich kann dir sagen, es war kein Spaß.«

Thai leckte nun erwidernd Tings Ohr – eine höfliche Sitte von jahrtausendelanger Tradition.

»Und Tootoo – und wie war's, als sie Tootoo hier anbrachten? Ohne uns zu fragen!« Schließlich fügte er noch hinzu: »Ist es im Übrigen nicht an der Zeit, ihn zu Mr Collins zu bringen?«

Ting warf den Kopf zurück. »Eifersucht berührt mich nicht – im Gegensatz zu dir«, sagte er.

»Ich dachte nur an die arme, kleine Tania.«

»Entschuldige, aber ich diskutiere keine Sexualfragen«, sagte Ting, indem er vom Tisch sprang. In diesem Augenblick konnte man im Haus das Telefon wieder klingeln hören.

Charles, dessen Herz gegen seine Rippen schlug, lief die Treppe herunter, um selbst das Gespräch abzunehmen. »Ja? Ja, ich bin's. Was gibt's Neues? ... Ja? ... Warum haben Sie nicht ... Doch, ich verstehe ... Es könnte einen rasend machen ... Glauben Sie, sie überlegen's sich noch einmal?«

Tootoo sprang auf den Schreibtisch und versuchte, eine Schmeißfliege am Fenster zu fangen. Mit dem dritten Schlag hatte er sie erwischt.

»Friss keine Fliegen, Tootoo ! Entschuldigen Sie, Nick, ich habe etwas zu der Katze sagen müssen ... Ja ... Ja, natürlich, ich verstehe ... Doch, schönen Dank für alles, da kann man eben nichts machen.«

Mary kam ins Zimmer gestürzt, als er den Hörer auflegte. »Hat's doch noch geklappt?«

Charles schloss sie in die Arme und drückte ihr Gesicht gegen seine Schulter. Sie verstand alles, bevor er noch sprach.

»Ach, Liebster, es ist schade. Es tut mir so schrecklich leid für dich.«

»Ich habe nur an dich gedacht – all diese schönen Luftschlösser!«

Charles ließ sie los und strich ihr übers Gesicht. »Sie konnten keine richtige Besetzung für Judy Venning finden, deswegen haben sie abgelehnt.«

»Aber sicher ...«

»Sie behaupten es, und dagegen lässt sich nichts machen.« Mary dachte etwas nach, dann sagte sie: »Am besten rufe ich den Immobilienmakler gleich wieder an.«

»Wozu?«

»Ich habe eine Besichtigung für heute Nachmittag um drei verabredet. Vor einer halben Stunde habe ich angerufen. Ach,

Liebster, ich konnte einfach nicht anders.« Sie fiel ihm wieder um den Hals. »Es macht mir gar nichts aus, wenn wir hierbleiben. Ich glaube tatsächlich, dass ich gar nicht weg will. Ich bin wirklich sehr glücklich. Und was wirst du jetzt tun?«

»Ein neues Buch schreiben. Wenn einem so etwas passiert, kann man es nur beiseiteschieben und vergessen. Hol's der Henker: Wir haben oft genug Oberwasser gehabt und müssen halt jetzt zum Ausgleich etwas untertauchen.«

Er küsste sie. »Ich gehe hinauf an die Arbeit.«

Sie sah ihm nach. »Ich bewundere dich so sehr«, rief sie hinter ihm drein.

»Warum?«

»Ich weiß nicht. Bloß so.«

Die Tür fiel hinter ihm ins Schloss, und im nächsten Augenblick vernahm Mary das Klappern der Schreibmaschine.

Tootoo schlenderte, den Schwanz anmutig in die Luft erhoben, in den Garten hinaus. Ting und Thai lagen nebeneinander im Rasen. Tootoo schlug nach einer Biene, als er übers Gras schritt, traf aber nicht. Er setzte sich auf die Hinterbeine und sah Ting an.

»Mach nicht so ein mürrisches Gesicht«, sagte er. »Das Geschäft ist im Eimer, wir bleiben hier.«

# Ich liebe, ich liebe

Alte siamesische Redensart

Wie freu ich mich, wie freu ich mich,
Wie treibt mich das Verlangen!
Wir beide kriegen sicherlich
Das Weibchen noch zu fangen!
(Erlauscht im Hyde Park eines Sommerabends)

Der Sommer kam über Nacht, und der Wind, der über die Marsch wehte, hatte sich zu einer leichten Brise besänftigt. Er versetzte die frühen Rosen auf ihren langen Stengeln in ein sanftes Schwanken. Die Lupinen auf der Böschung waren noch immer ein einziges purpurnes, gelbes und rotes Flammenmeer.

Im Frühling hatten Tania und Tootoo den Garten hundertmal entdeckt und wiederentdeckt, und je höher das Gras wuchs, um so vielfältigere Abenteuer gab es zu erleben. Mit angelegten Ohren duckten sie sich hinter Narzissenbüsche, um zwischen den Blumen umherzujagen – vibrierende Schultermuskeln, ein Sprung über den abgestorbenen Apfelbaum, der oben auf der Böschung lag, dann die lange Strecke zum Gartenhaus, das als Ziel diente.

Tootoo war gewöhnlich der Jäger, Tania die Gejagte.

Obwohl Ting Tootoo oft fluchend aus seinem eigenen Revier vertrieben hatte, brachte es Tootoo doch fertig, die dumme Feldmaus zu erlegen, als der Alte, wie er wusste, im Haus schlief. Er war clever.

»Sie haben irgendetwas aufgespürt«, sagte Charles, als sie eines Tages im Garten Tee tranken. »Schau!« Zwei Paar spitze Ohren lugten hinter einem Grasbüschel hervor, deutlich zu erkennen gegen die gelben und rosa Lupinen. Ein außergewöhnlich reizvoller Anblick!, dachte Charles. Plötzlich verschwand ein Ohrenpaar, und auf der Böschung hörte man ein feines Quieken.

»Nimm es ihnen doch weg!«, sagte Mary rasch. »Es ist eine Maus, und ich kann es nicht leiden, wenn sie etwas umbringen.«

Charles kletterte die Böschung hinauf. Diesen Weg hatte er schon oft auf Marys eindringliche Bitten hin zurückgelegt, aber nur, um jedes Mal das Wesen, das er hätte retten sollen, schon halb verschlungen zu finden – gewöhnlich von Tootoo. Doch dieses Mal hatte Tania den Mord begangen – oder eigentlich den Mordversuch, denn der Maulwurf, den sie aus dem Schlaf aufgestört hatte, knurrte sie mit wütend gebleckten Zähnen und gesträubtem Fell an. Das war nicht die Art und Weise, wie er geweckt zu werden wünschte. Er musste Tania bereits einen bösen Schlag mit seinen langen Krallen auf die Nase versetzt haben, denn sie blutete. Charles hob den Maulwurf hoch und setzte ihn vorsichtig über die Hecke auf einen seiner Hügel, in den er sich auf der Stelle mit erstaunlicher Kraft und Schnelligkeit hineinwühlte. Dann nahm Charles Tania und Tootoo unter den Arm und trug sie zum Rasen zurück.

»Ein Maulwurf«, erklärte er. »Das war zu viel für sie.«

»Ist er tot?«

»Nicht im Mindesten. Da – putz Tanias Nase ab.«

Ihrer rechtmäßigen Unterhaltung beraubt, gerade jetzt, da Ting unter dem Rasenmäher schlief, saßen beide Katzen schmollend da. Schließlich machten sie sich auf zu untersuchen, was ihnen der Werkzeugschuppen alles bot.

»Ich habe gestern Tanias Stammbaum studiert«, sagte Mary. »Sie ist heute neuneinhalb Monate alt. Es kann also jeden Augenblick so weit sein. Und wie steht es mit Tootoo?«

»Er ist noch zu jung.«

»Was soll das heißen: Er ist noch zu jung?«

»Ich glaube nicht, dass er schon völlig seinen Lebensaufgaben gewachsen ist, meine Liebe. Ich meine, dass ein älterer Kater einen besseren Vater für Tanias Kinder abgibt.«

»Aber ich hätte Tootoo gern als Vater. Dann bliebe alles in der Familie.«

Charles setzte einen so fachmännischen Gesichtsausdruck auf, als ob er sein Leben lang im Züchterverband gewesen wäre: »Der Kater sollte wenigstens ein Jahr älter sein als die Katze.«

»Und wie viel älter ist Tootoo?«

»Vielleicht sechs oder sieben Wochen.«

»Aber um genauso viel bist du älter als ich, und an Sandra und Nicholas ist alles in Ordnung.«

»Ich wäre dir sehr dankbar, wenn du mich nicht gerade mit einem Zuchtkater vergleichen würdest.«

Einen Augenblick lang war das Schweigen fast beängstigend.

»Ach, Charles, kann Tootoo wirklich nicht der Vater werden? Ich bin sicher, er wäre es gern.«

Charles zündete seine Pfeife an. »Es wäre ein grober Fehler – ganz sicher. Drüben in Longshare wohnt eine Frau, die Siamkatzen züchtet, nicht wahr?«

»Meinst du Mrs Firth-Albany?«

»Ja, genau. Vor zwei Jahren hat sie in London einen ersten Preis gewonnen. Wie heißt doch ihr Kater? Wir haben ihn auf der Ausstellung gesehen.«

»Er hieß The Noble Savage – der Edle Barbar.«

Was konnte sie nun tun, fragte sich Mary, um Tania alle edlen Barbaren vom Leib zu halten? Der Name klang zwar romantisch – aber warum sollte man Tania mit einem wildfremden Kater verkuppeln? Gewiss, in anderen Ländern wurden die Ehen von den Eltern vereinbart, aber hier war man in England. Wenn man einen Tootoo im Haus hatte, der so anmaßend mit dem Schwanz um sich schlug und mit dem Schnurrbart wippte, waren solche Umstände völlig überflüssig – ganz abgesehen von der zusätzlichen Ausgabe. Immerhin, die Sache war noch nicht ganz so weit: Noch war es Zeit, etwas auszudenken für den Fall, dass Charles unnachgiebig bleiben sollte.

Doch nicht viel Zeit.

Den ganzen nächsten Tag verbrachte Tania im Garten. Zum Fressen kam sie ins Haus, aber sie schnupperte nur daran und ging geradewegs wieder zu ihrem Lieblingsplätzchen: der Buschhecke um den alten Brunnen. Irgendetwas lag ihr im Sinn, und sie verspürte keinen Hunger.

Charles erinnerte sich nachher daran, dass auch er, als er ein Auge auf jenes fünfzehnjährige rothaarige Mädchen gehabt hatte, nichts essen wollte. Allen bringt das Leben ähnliche Probleme.

An diesem Abend saßen Charles und Mary im Salon, als ihnen Tania die Nachricht überbrachte, dass sie endgültig der Liebe verfallen war. In der Ankündigung war nichts von

Geziertheit und Befangenheit. Aus dem kleinen Wohnzimmer nebenan kam ein kräftiger, deutlicher Schrei, und dieser Laut war tief und bedeutungsvoll. Ting sah Thai schläfrig und gelangweilt an. Er war höchst desinteressiert.

»Sie ist so weit«, sagte Mary.

»Wo ist Tootoo?«

»Draußen.«

»Dann lass ihn draußen.«

Wieder kam der lange Schrei aus dem anderen Zimmer. Charles und Mary standen auf und gingen hinüber. Tania, die ausnehmend schön anzusehen war, wälzte sich, außer sich vor Sehnsucht, auf dem Teppich vor dem Kamin. Sie hörte auf, als sie Charles und Mary hereinkommen sah, und stieß wieder einen Schrei aus, der über die Straße weg und noch weit übers Feld zu hören sein musste.

»Da gibt's keinen Zweifel mehr«, sagte Mary. »Was willst du nun tun?«

Charles bückte sich und streichelte Tanias Ohren, was sie für den Augenblick beruhigte.

»Die Geburt der Liebe ist etwas Wunderbares«, sagte er belehrend, denn im Innersten war er reichlich gefühlvoll.

Tania schrie dreimal laut auf, als ob sie zustimmen wollte.

Charles sagte: »Wir fühlen das Gleiche wie sie.«

»Nur hat uns die menschliche Gesittung gelehrt, unsere Gefühle zu beherrschen«, stellte Mary nachdrücklich fest.

»Ich bin nicht sicher, dass es so ist. Tania hat nur gesagt, dass sie einen Mann möchte, und das macht keinen großen Unterschied gegenüber einem Backfisch, der eben in die Gesellschaft eingeführt worden ist.«

»Nur dass die Debütantin keinen solchen Lärm macht.«

»Ich weiß nicht, ob du ganz recht hast«, sagte Charles.

Draußen war noch heller Tag, und Mary sah zum Fenster hinaus. »Aha, Verehrer sind zu Besuch gekommen.«

Charles blickte in dieselbe Richtung. Auf dem Zaun sah er zwei Katzen sitzen, eine graue und eine getigerte, und unter ihnen am Straßenrand stand ein gewaltiger Mausekater mit einem verkrüppelten Ohr.

»Das entscheidet alles«, sagte Charles. »Du musst Tania in den Werkzeugschuppen sperren. Dort ist es halbwegs warm, wenn du ihr eine Decke gibst.«

Mary hob den zuckenden kleinen Körper auf und drückte ihn an die Brust. Unter sanften, liebevollen Worten trug sie Tania hinaus.

Der Werkzeugschuppen war ein langes, schwarz gestrichenes, hölzernes Gebäude. Aus einigen trockenen Säcken, über die sie eine Wolldecke legte, bereitete Mary ein Lager. Das seit langem zerbrochene Fenster war mit einem Fliegengitter bespannt, um die Vögel von dem Kasten mit Hühnerfutter fernzuhalten. Mary legte Tania auf die Decke und ging zum Fenster. Das Gitter war, wie sie feststellte, mit schwachen Krampen am Fensterrahmen befestigt. Mary zog eine davon mühelos mit den Fingern heraus, und das Gitter rollte sich nach innen zu ein Stück auf, so dass ein kleiner Durchschlupf entstand. Mary nahm einen Hammer aus dem Regal, und mit ein paar schwachen Schlägen trieb sie die Krampe so weit ins Holz, dass das Gitter wieder hielt.

»Liebe«, sagte sie vor sich hin, »Liebe – tap – findet tap – immer – tap – einen Weg – tap.«

Ihr Plan war fertig. Das Spiel konnte beginnen.

Sie fand Charles vor dem Telefon sich durchs Verzeichnis buchstabierend.

»Wen willst du anrufen?«

»Mrs Firth-Albany.«

»Sie ist eine sehr zimperliche Dame. Geh also nicht allzu sehr ins Detail.«

Endlich fand er den Namen, und als er den Hörer abhob, starrten ihn die drei Kater von der anderen Straßenseite her unverschämt an. Er verlangte die Nummer.

»Hast du etwas dagegen, wenn ich am oberen Apparat mithöre? Ich möchte gern wissen, was sie sagt.«

»Meinetwegen.«

Einen Augenblick später sagte eine Stimme: »Bitte sehr. Hier ist die Villa Mrs Firth-Albany. Mrs Firth-Albany persönlich – bitte schön?«

»Guten Abend, ich bin Mr Charles Warren, ich wohne in Weet.«

»Ja?«

»Ich glaube, wir haben uns einmal auf einer Siamkatzen-Ausstellung kennengelernt.«

»Wirklich? Ich kann mich nicht erinnern.«

»Doch, doch. Es ist einige Zeit her. Sie haben damals eine Katze ausgestellt, die, soviel ich mich erinnere, der Edle Barbar hieß. Das stimmt doch?«

Er konnte hören, wie Mary im ersten Stock den Hörer abhob.

»Das ist sehr wohl möglich, Mr Warren, sehr wohl möglich.«

»Besitzen Sie ihn noch?«

»Gewiss, er ist mein erstes Zuchttier.«

»Sehr gut. Ich habe nämlich eine Katze, die Tania heißt, und sie möchte ich gern mit Ihrem Edlen Barbaren verheiraten. Lässt sich das bewerkstelligen?«

»O gewiss, warum nicht?«

»Wie hoch ist die Gebühr, Mrs Firth-Albany?«

»Ich nehme zwei Pfund.«

»Einverstanden. Lassen Sie mich überlegen: Heute ist Donnerstag, das stimmt doch? Ja. Angenommen, ich brächte Tania am Samstagvormittag – kann ich sie dann am Samstagabend wieder abholen?«

Es entstand eine kurze Pause.

»Glauben Sie«, fragte Mrs Firth-Albany, »dass Sie Tania am Samstag herbringen und sie am Montag wieder abholen können?«

Charles überlegte einen Augenblick, bevor er antwortete, weil er nicht wusste, was er sich für Montag, außer zu arbeiten, noch vorgenommen hatte. Schließlich sagte er: »Montag? Ja, ich glaube, das geht schon.«

»Ach, noch eine ganz wichtige Sache, Mr Warren:

Schreit Ihre Katze?«

»Ob sie schreit? Sie schreit wie der Teufel. Ich kann sie hier hören, obwohl sie draußen im Werkzeugschuppen ist.«

»Dann erwarte ich Sie also am Samstag, und Sie werden Tania am Montag wieder abholen. Ist es so recht?«

»Ja, es ist gut so. Aber, um alles in der Welt, warum soll sie bis Montag bei Ihnen bleiben?«

Wieder entstand eine Pause, und am anderen Ende der Leitung war ein tiefes Atemholen zu vernehmen. Charles gewann den Eindruck, dass ihm eine Eröffnung von unerhörter Bedeutung bevorstand. Und so geschah es.

»Nun, Sie wissen doch, Mr Warren«, sagte Mrs Firth-Albany, »Siamkatzen müssen sich kennenlernen.«

Nochmals eine Pause

»Sie sind nicht wie Menschen.«

Als sich Charles verabschiedete und den Hörer auflegte, kam Mary ins Zimmer gestürzt.

»Das«, sagte sie, »ist das vernichtendste Urteil über den Menschen, das ich je gehört habe.«

# Die Verschwörung

Wer das erste Knopfloch verfehlt, kommt
mit dem Zuknöpfen nicht zurande.
(Goethe)

Freitag – und in Mary Warrens Leben ein bedeutsamer Tag. Sie begriff das augenblicklich, sowie sie von den Sonnenstrahlen aufgeweckt wurde, die durch die Jalousie fielen. Charles schlief noch, und auch Miss Flock war noch nicht im Haus. So hatte Mary Zeit und Ruhe, ihren Feldzug noch einmal zu überdenken und ihn auf irgendwelche schwachen Stellen hin zu prüfen. Gab es einen Ort, wohin sie Charles mit einem Auftrag senden konnte? Das war eine knifflige Sache, denn es war nicht gerade gewiss, ob er einen Auftrag übernehmen mochte – wie nach Weet fahren und Blumen für die Pfarrersfrau besorgen oder etwas Ähnliches. Er konnte leicht dramatisch werden und fing dann an, vom Wert der Zeit zu reden. Aber trotz allem: Sie musste es versuchen.

Doch dann kam ihr das Glück, das eine so gewichtige Rolle im menschlichen Leben spielen kann, auf dem Umweg über die Telefonleitung aus heiterem Himmel zu Hilfe. Fünf vor acht klingelte das Telefon. Mary nahm den Hörer ab, und jemand sagte: »Du, Mary – ja, Liebste, es tut mir leid, dass ich dich so früh herausläute, aber ich muss zum Einkaufen gehen und einigen Leuten entgegenfahren, die mit dem Auto kommen und bestimmt unser Haus nicht finden werden, und deswegen fahren sie in die Georgskrone – ach, es ist alles so schrecklich kompliziert.«

»Es wäre vielleicht halb so kompliziert, wenn ich wüsste, mit wem ich spreche.«

»Mit Rosemary – Rosemary Ponsonby.«

»Entschuldige, aber irgendetwas Komisches ist mit unserem Telefon los, ich habe deine Stimme nicht erkannt. Was kann ich für dich tun?«

Sie hörte, wie sich Charles neben ihr umdrehte.

»Also, Liebste, der Mann ist ein alter Freund von Jerry, sie waren zusammen in Eton oder im Krieg oder sonst wo, und er ist verheiratet – ich meine Jerrys Freund mit Diana Luscombe.«

»Diana Luscombe? Wirklich? Im Ernst?«

Dieser Name schlug eine Glocke der Erinnerung in Charles an, und er hob den Kopf aus dem Kissen: »Was macht sie mit Diana Luscombe?«

»Charles ist eben aufgewacht, entschuldige, Rosemary; bitte sprich weiter.«

»Du weißt also, wer sie ist?«

»Natürlich weiß ich, wer sie ist. Wir haben sie in ihrem letzten Stück im Haymarket-Theater gesehen. Sie ist großartig.«

»O ja – sie hat sich nach ganz oben gespielt, zudem ist sie außergewöhnlich hübsch. Vor drei Wochen habe ich sie in London kennengelernt. Und weil Charles doch Stücke schreibt, habe ich gedacht, dass es eine gute Idee ist, wenn ihr beide zum Mittagessen zu uns kommt, um sie kennenzulernen.«

»Einen Augenblick, ich muss Charles fragen.«

Sie legte die Hand über die Sprechmuschel. »Rosemary lädt uns zum Mittagessen ein. Kannst du kommen?«

»Heute?«

»Meinst du heute, Rosemary?«

»Ja, heute. Zwischen eins und viertel zwei. Geht das?«

»Kannst du, Charles?«

Er nickte.

»Er sagt, er freue sich sehr darauf.«

Das alles war ja sehr zufriedenstellend, dachte Mary. Rosemarys Mittagessen dauerten immer bis weit in den Nachmittag hinein. Aber noch war Verschiedenes einzukalkulieren.

Während des ganzen Vormittags behielt Mary die Uhr im Auge. Sie fütterte die drei Kater und brachte Tania etwas Fisch in den Schuppen, die aber nur ein bisschen daran knabberte und im Übrigen ihr Fressen stehenließ. Als Mary die Schuppentür wieder abschloss, begann Tania winselnd zu miauen.

»Sch, sch, Liebling«, sagte Mary durch das Fliegengitter. »Es ist schon alles in Ordnung.«

Tootoo dagegen hatte nicht den Eindruck, dass alles in Ordnung wäre. Er saß hoch oben auf dem Brunnendeckel, von wo ihn nichts und niemand vertreiben konnte.

»Sei kein Frosch«, sagte er. »Mach die Tür auf!«

»Was hast du gesagt?«

»Ich habe gesagt, du sollst kein Frosch sein und die Tür aufmachen. Ich bin verrückt nach ihr – ich sterbe gleich.«

»Ein guter Liebhaber muss warten lernen«, belehrte ihn Mary, bevor sie ins Haus zurückging.

Zehn nach zwölf führte sie ihren nächsten Schachzug aus. Sie lief die Hintertreppe zu Charles' Arbeitszimmer hinauf.

»Bist du beschäftigt, Liebster?«, fragte sie, um wie gewöhnlich sogleich fortzufahren: »Mir ist nämlich etwas Schreckliches passiert: Ich habe vergessen, etwas fürs Wochenende einzukaufen, und du weißt, wie ich es hasse, am Samstag in Geschäfte zu gehen, wo ganz Weet auf den Beinen ist, und da könntest du jetzt ein Engel sein, Liebster.«

Sie schlang ihre Arme um seinen Hals, ließ ihn aber sofort wieder los, weil sie den Eindruck hatte, sie trüge zu dick auf. »Willst du jetzt nicht noch schnell in die Stadt fahren? Hier habe ich dir alles aufgeschrieben. Du kannst zwanzig vor eins wieder hier sein, und ich werde fertig sein und dich schon auf der Straße erwarten.«

»Oder oben beim Hüteausprobieren. Welchen?«

»Ich verspreche dir auf Ehrenwort, dass ich dich nicht warten lasse. Wenn das Auto vorfährt, werde ich vor der Gartentür stehen und einsteigen.«

Charles ging auf ihren Vorschlag ein, aber er fügte hinzu: »Wir brauchen genau zwanzig Minuten bis zu den Ponsonbys – und ich komme nicht gern zu spät.«

»Ich werde wirklich fertig sein. Vergiss die Einkaufsliste nicht.«

Charles deckte seine Schreibmaschine zu, kämmte sich vor dem Badespiegel und ging hinunter und über die Straße zum Auto. Mary beobachtete ihn vom Fenster aus. Der Wagen wollte nicht anspringen.

»Die Batterie ist leer«, rief Charles über die Straße. Dann schlenderte er so langsam, dass Mary fast verrückt wurde, wieder zum Haus zurück.

»Ich werde die Garage anrufen«, sagte er durchs offene Fenster. »Sie sollen eine Ersatzbatterie schicken.«

»Aber was ist mit meinen Einkäufen?«

»Die erledige ich morgen.«

»Aber ich brauche einige von diesen Sachen schon heute Abend.« Die Situation war zum Verzweifeln.

»Dann können wir das auch heute Nachmittag machen. Die Läden haben so lang offen.«

Er streckte den Arm durchs Fenster und nahm den Telefonhörer.

»Einen Augenblick noch, Charles.«

»Was ist denn das für ein Getue? Das Auto fährt einfach nicht mit einer leeren Batterie.«

»Und warum nimmst du nicht die Anlasserkurbel?«

»Der Motor braucht Frühzündung.«

»Bist du ein Mann oder eine Maus? Was von beiden?«

»Aber wenn ich mir den Arm verrenke, kann ich nicht mehr schreiben.«

»Und wenn ich heute früh diese Sachen nicht bekomme, dann esse ich überhaupt nichts mehr.« Sie ging zur Tür. »Ich werde es selbst machen.«

Als sie zur Garage lief, rannte Charles ihr nach. »Sei doch nicht so dickköpfig. Du wirst dein ganzes Inneres durcheinanderbringen.«

Mary hatte nicht die Absicht, die Kurbel zu bedienen, und sie ließ es also Charles an ihrer Stelle tun. Er steckte die Kurbel polternd in das Loch in der vorderen Stoßstange, und als Mary auf den Anlasserknopf am Armaturenbrett drückte, warf er den Motor an, der augenblicklich funktionierte.

»Bitte, Liebling, da hast du es. Jetzt können wir die Batterie nach dem Mittagessen wechseln.«

Sie sah dem Wagen nach, bis er um eine Kurve verschwand. Dann rannte sie zum Werkzeugschuppen. Tania kreischte, und Tootoo saß noch immer glasigen Blicks auf dem Brunnendach.

Mary drückte so lang vorsichtig gegen das Drahtgeflecht, bis sie die gelockerte Krampe innen auf den Betonfußboden fallen hörte. Das Gitter sprang zurück, rollte sich etwas auf und gab so eine spannenbreite Lücke frei. Mary drehte sich um und betrachtete Tootoo, der aus seinem Liebestraum aufgewacht war und seine Hinterbeine putzte.

»Viel Glück und alles Gute!«, sagte sie.

Tootoo brauchte weiter keine Ermunterung. Mit einem Satz war er auf dem Fenstersims, und ein leiser Liebesruf Tanias hieß ihn willkommen. Mary sah zu, wie sein Schwanz hinter dem Gitter verschwand, und ging dann ins Haus, um ihren Hut aufzusetzen.

Pünktlich zwanzig Minuten vor eins stieg sie vor dem Haus zu ihrem Mann ins Auto.

Sie beide fanden, dass Diana Luscombe eine bezaubernde Gesellschafterin war. Wenn sie von sich selber sprach, war sie bescheiden, und ihre Erfolge auf der Bühne und im Film schrieb sie dem Glück zu. Mary verstand genau, was sie meinte.

Nach dem Mittagessen blieben die Herren im Speisezimmer bei einem Glas Portwein. Und Mary saß im Salon auf dem Sofa neben Diana Luscombe.

»Ich bewundere das neue Stück Ihres Gatten«, sagte sie, während sie an ihrem Mokka nippte. »Ich würde gern eine Rolle darin spielen. Warum schreibt er nicht öfter fürs Theater?«

»Es ist eine zu unsichere Sache. Wenn ihm etwas einfällt, wird er natürlich wieder ein Stück schreiben, aber er hält sich doch lieber an Romane, denn in diesem Metier hat er nun schon einen recht guten Namen.«

»Haben Sie sein neuestes Buch gelesen?«, fragte Rosemary Ponsonby. »Roundhook Farm. Ich liebe es sehr.«

Diana stellte ihre Mokkatasse auf das Tischchen. »Nein«, sagte sie, »ich kenne es nicht.«

Mrs Ponsonby beugte sich zum Bücherschrank hinüber und nahm den Band heraus. »Das ist es. Ich leihe es Ihnen, und Sie können es übers Wochenende lesen.«

»Ich bin eine schrecklich langsame Leserin.«

»Sie können es auch mitnehmen und es gelegentlich zurückschicken. Es ist mir allerdings wertvoll, weil Charles es für mich signiert hat.«

Mary sah keinen Grund, warum sie nicht das Geschick von Roundhook Farm lang und breit erzählen sollte. Charles konnte keinen Einspruch dagegen erheben, weil er noch immer beim Port war.

»In Amerika ist es ein großer Erfolg«, legte sie los. »Aber neulich hatte Charles großes Pech. Er hätte beinah die Filmrechte für eine hübsche Summe verkauft, doch dann fiel die ganze Sache ins Wasser.«

»Ach nein, warum?«, fragte Diana Luscombe teilnehmend.

»Sie konnten nicht die richtige Besetzung für die Hauptrolle finden.«

»Mann oder Frau?«

»Eine Frau. Die Figur heißt Judy Venning – eine der besten Rollen seit Jahren.«

»Die alte Lieschen-Müller-Erfolgsrechnung, nehme ich

an«, sagte Diana Luscombe, als ob sie nicht zugehört hätte. »Und beim Theater werden Sie natürlich kein Star, bevor Sie siebzig sind, aber dann bekommen Sie über Nacht gleich ein Verdienstkreuz nach dem anderen. Die zwei Dinge gehören eben zusammen.«

»Sie können sich nicht beklagen, Diana. Sie haben sich durchgesetzt.«

»Wenn ich mich jetzt durchgesetzt habe, glauben Sie mir, dann war der Weg dazu eine Qual. Ich habe seit meinem neunzehnten Lebensjahr auf den besten Bühnen gespielt. Das ist nun immerhin schon fünfzehn Jahre her.«

»Wer macht eigentlich einen Star?«, fragte Rosemary. »Die Kritiker?«

Diana Luscombe dachte einen Augenblick nach. »Nein. Nicht immer und in jedem Fall. Und bestimmt auch nicht die Theaterdirektionen, die keinen Pfennig für ihr künstlerisches Renommee ausgeben.«

Sie machte eine kleine Pause, und Mary studierte ihren liebenswerten Gesichtsausdruck. Sie sah von nah noch besser aus als auf der Bühne.

»Ich glaube, es kommt auf die rechte Mischung zwischen der Persönlichkeit des Schauspielers und den Wünschen des Publikums an. Wenn er seine Zuschauer packen kann, was ja die Kassenabrechnungen beweisen, dann wird auch ein widerstrebender Direktor ihn wieder verpflichten, aber, genaugenommen, kaum nur deshalb, weil die Leute es verlangen. Der schnellste Weg jedoch, ein Star zu werden, führt über den Film. Eine wirklich durchschlagende Rolle in einem erfolgreichen Film, und die Schlangen vor den Theatern sind einen halben Kilometer lang. Sogar dann, wenn ein Schauspieler noch nie auf einer Bühne gestanden hat. Es ist eine dumme Psychologie, aber so ist es nun einmal.«

Nun kamen die Herren in den Salon. Mary sah auf die Uhr: Es war drei viertel drei. Von viertel eins bis drei viertel drei – das waren zweieinhalb Stunden.

»Ihr geht jetzt aber noch nicht heim, Mary«, sagte Rosemary. »Das Gespräch ist so anregend.« Sie lud mit einer Handbewegung ein, und die Herren setzten sich.

Das Gespräch verließ das Theater und wandte sich der Politik zu; dann glitt es in Gartenbauprobleme ab. Mary warf nur zuweilen ein Wort dazwischen – sie verfolgte den Lauf der Minuten durch heimliche Blicke auf ihre Armbanduhr. Es war inzwischen halb fünf geworden, als ein Dienstmädchen den Tee zu servieren begann.

»Das ist ja schrecklich«, rief Charles und stand auf.

»Aber gar nicht. Sie müssen schon noch zum Tee bleiben«, sagte die Gastgeberin.

Zu Marys großer Erleichterung setzte sich Charles wieder. Aus dem Tee wurden unversehens Cocktails, und als sie endlich aufbrachen, war es zehn vor acht.

»Eine bezaubernde Frau«, sagte Charles auf der Heimfahrt. »Wenn wir solche Schauspieler beim englischen Theater haben, steht es nicht schlecht damit, all den elenden Wichten zum Trotz, die das behaupten.«

Mary lockte Charles mit der Ausrede durch die Vordertür ins Haus, dass der Boiler sofort angeheizt werden müsste.

»Ich will nur noch rasch einen Blick zu Tania hineinwerfen«, sagte sie beiläufig.

Obgleich sie alles andere als eine Schauspielerin war, musste sie in diesem Augenblick doch mit Diana Luscombes

Fähigkeiten wetteifern. Sie stand vor dem Fenster des Werkzeugschuppens, während sie die passenden Gesichtszüge aufsetzte. Dann rannte sie ins Haus zurück.

»Charles«, rief sie erregt, »eine grässliche Sache ist passiert.«

Sie überlegte, ob sie mit der Hand nach ihrer Kehle greifen sollte, aber sie entschied sich, es nicht zu tun.

»Tootoo ist bei Tania im Schuppen.«

»Was?«, schrie Charles, während er die Tür des Heizkessels zuwarf. »Wie ist er hineingekommen?«

»Er hat sich mit Gewalt unter dem Fliegengitter durchgezwängt – mit Gewalt – das Biest!«

»Wo ist er jetzt? Ich meine …«

»Oben auf dem Regal, so dass sie nicht zu ihm kann.«

»Dann glaubst du also …«

»Für mich gibt es keinen Zweifel. Überhaupt keinen. Du brauchst ihn nur anzusehen.«

»Und was ist mit ihr?«

»Ach, sie sieht sehr glücklich aus. O Liebster, es ist die scheußlichste Sache, die passieren konnte. Nach all der Mühe, die du dir gemacht hast, Mrs Firth-Albany anzurufen! Wirklich, ich könnte nicht wütender sein.«

Sie gab ihrem Gesicht einen zornigen Ausdruck, obgleich es ihr schwerfiel. Sie kam sich wie eine Laienschauspielerin in der Rolle der Lady Macbeth vor.

Charles' Gedanken griffen nach einem Strohhalm: »Vielleicht ist er erst in diesem Augenblick hineingekommen?«

»Nein … nein, bestimmt nicht. Er muss drinnen sein, seit wir weggefahren sind, und das war zwanzig vor eins. Jetzt ist es viertel neun. Weißt du, er hat sie sicher rufen hören, und als wir ins Auto stiegen, hat sie tatsächlich gerufen. Ich habe es gehört.«

»Was soll ich dann mit Mrs Firth-Albany anfangen?«

»Ich würde sie anrufen und ihr sagen, dass etwas passiert ist.«

»Das kann ich nicht. Ich kenne sie nicht genug.«

»Aber wir haben keine Veranlassung, zwei Pfund hinauszuwerfen. Oder etwa doch?«

»Gehen wir erst einmal hinaus und sehen wir nach ihnen!«

Sie fanden Tania schnurrend und zusammengerollt auf ihrer Decke. Tootoo saß noch immer oben auf dem Regal, flankiert von zwei Blumentöpfen auf beiden Seiten. Mary hatte den Eindruck, er lächelte ihr zu.

»Es ist zum Verrücktwerden, nach all der Mühe«, polterte Charles. »Einfach zum Verrücktwerden.«

»Ich verstehe dich nur zu gut«, sagte Mary, die sich wie eine Anfängerin auf der Bühne aufführte. »Böser Tootoo – du böser!«

»Aber wie kam er durchs Fenster?« Charles untersuchte die Lücke im Drahtgeflecht.

»Sicher war das Ding locker – diese Krampe, die das Drahtgeflecht gehalten hat«, sagte Mary. »Schau doch: Da liegt sie auf dem Boden.«

»Ja, so ist das also«, seufzte Charles.

Mary war sehr erleichtert, dass Charles sich in solch erstaunlich guter Haltung mit dem Schicksal abfand.

Als sie die Schuppentür zumachte, glaubte sie, Tootoo reden zu hören. Sie war nicht ganz sicher, aber sie dachte doch, dass er zu ihr sagte: »Danke, bist eine Mordsfrau.«

# Der dunkle Eindringling

»Mensch, mach ihn fertig!«
»Schrei nicht, Liebling! Still!«
»Ich will nicht still sein. Zum Teufel, warum benützt er seine Rechte nicht mehr? Hach, das war ein Pfund aufs Auge!
Jetzt blutet die Nase. Das war ehrlich eine Schau! Hau ihn doch, bis er nichts mehr sieht! Schlag ihn! Nimm ihn auseinander!«
(Monolog der Lady Burgundy, Vorsitzende der Gesellschaft für friedliches Zusammenleben bei einem Boxkampf am 6. Januar 1957)

Das russische Kolchosenbauerntum entspräche nie der Weltanschauung einer Siamkatze. Ihr liegt der Rechtsanspruch auf persönliches Eigentum im Blut.

Nur einmal, so erinnerte sich Charles, war die rotbraune Katze vom unteren Ende der Straße in den Garten gekommen. Ting hatte sie binnen zwanzig Sekunden hinausgejagt. Außer sich ob dieses Vergehens und dieses Bruches aller Katzenkonventionen hatte er sie aus seiner Deckung hinter dem Rasenmäher angesprungen und sie durch die große Hecke getrieben. Am Drahtzaun waren Büschel von rotbraunen Katzenhaaren zur Warnung an alle zukünftigen Eindringlinge hängengeblieben.

Aber der alte schwarze Mausekater, noch immer voller Hoffnung in Tania verliebt, war bereit, eine Pfote zu wagen. Durchdrungen von der Überzeugung, dass eine englische

Katze drei ausländische aufwiege, sprang er in einer strahlenden Mondnacht über die weiße Gartentür und schritt über den Rasen. Mary und Charles lagen um diese Zeit lesend im Bett.

Mit einem Mal wurde die Stille durch einen langen leisen Bittruf um Zuneigung und Einverständnis unterbrochen.

Charles legte sein Buch beiseite. »Mach das Licht aus, Mary, wir wollen zusehen. Ich glaube, es wird recht unterhaltsam.«

Sie stiegen aus dem Bett und stellten sich nebeneinander – das Wetter war warm genug dafür – ans offene Fenster. Sie konnten den Eindringling unter sich im Gras erkennen. Ein Ohr angelegt, das andere gespitzt, duckte er sich unter dem hellen Mondlicht.

Auch anderswo war jener Ruf vernommen worden, und so gab es unten in der Küche eine heillose Aufregung. Ting und Thai saßen kerzengerade lauschend auf dem Fußboden. Obwohl Tania hellwach war, blieb sie auf ihrem Stuhl liegen. Gewiss, sie fühlte sich geschmeichelt, aber doch nicht ungebührlich interessiert. Tootoo sprang von Charles' Arbeitsstuhl und kam die Treppe herunter, um sich zu den anderen zu gesellen. Er respektierte diesmal gewissenhaft seine gesellschaftliche Stellung, setzte sich ein paar Schritte entfernt von Ting und wartete darauf, dass dieser seine Strategie entwickelte.

»Es ist der Schwarze«, stellte Ting fest. »Ich kenne ihn an der Stimme.«

»Ein unmögliches Benehmen«, bemerkte Thai. »Wir gehen nie in seinen Garten.«

»Er wird auch nie mehr wieder in unseren kommen.« Als Ting dies sagte, lag ein grimmiger Ausdruck auf seinem Gesicht.

Tootoo war klug genug, seinen Mund zu halten. Er wusste, dass er sich in der Gesellschaft zweier erfahrener Jäger befand, die sich auf ihr Handwerk verstanden. Ting erteilte mit gelassener Stimme seine Anweisungen.

»Du, Thai«, sagte er, »wirst dich durch den Gemüsegarten hinter das Spargelbeet begeben und dich im Schatten der Hecke halten, bis du das Gartenhaus erreichst. Dort wartest du, bis du von mir ein Zeichen bekommst.«

Ähnlich dem Seehelden Drake hielt er inne, um sich zu waschen: Die schwarze Armada konnte warten, bis er so weit war!

»Ich selbst«, fuhr er fort, »werde oben durch den Drahtzaun schlüpfen, die Straße herunterkommen und am unteren Ende den Garten wieder betreten. Wir werden ihm dann im Rücken stehen.«

Tootoo, der dachte, er sollte aus dem Spiel bleiben, sprach dazwischen: »Und was tue ich?«

»Du bist der Köder«, sagte Ting gefühllos. »Es kann sein, dass es dich dabei bös erwischt, doch das wird dir eine gute Lehre sein. Du wirst, wenn wir eine halbe Minute fort sind, gradewegs auf den Rasen hinausgehen und ihn so ungezogen anrempeln, wie du willst.«

»Geht in Ordnung, Chef.«

»Wenn du, Thai, siehst, dass ich mich vorwärtsbewege, kommst du die Böschung herunter, und wir werden ihn von rückwärts mit allen zu Gebot stehenden Mitteln angreifen.«

Wie ein Unteroffizier strich Ting sich seinen Schnurrbart zurecht und sprang durch das Loch in der Küchentür. Thai folgte ihm. Ting wandte sich scharf nach rechts, während Thai vorsichtig den Weg zum Spargelbeet einschlug.

»Ich verteidige deine Ehre«, sagte Tootoo zu Tania.

Sie bekam vor Stolz über ihren Ritter blitzende Augen, und nachdem Tootoo die dreißig Sekunden abgewartet hatte, schlüpfte er in den Garten hinaus, wo ihn der dunkle Schatten auf dem Rasen mit einem bösen Knurren empfing.

»Es ist Tootoo«, flüsterte Mary. »Was ist mit den anderen los?«

»Tootoo ist der Mutigste.«

»Ting ist bestimmt nicht weit. Bei so etwas ist er dabei.«

»Schau da!«, sagte Charles atemlos. »Jetzt wird's spannend.«

»Pass auf und hör zu, was sie sagen«, flüsterte Mary zurück.

Tootoo ging so gelassen über den Rasen, als ob er mit dem Pfarrer Sechsundsechzig spielen wollte. Zwei Meter vor dem schwarzen Kater setzte er sich, die Pfoten unter der Brust verborgen. Vom oberen Stockwerk konnte man im Mondlicht jede Bewegung der beiden Katzen erkennen.

Der schwarze Kater begann die Herausforderungen mit einer tödlichen Beleidigung.

»Ausländische Katze, wie? Was bist du – Emigrant?«

Tootoo hielt sich an seine Anweisungen und zahlte augenblicklich heim. Falls es zu einem richtigen Wortgefecht kommen sollte, dann hatte er volles Zutrauen zu sich.

»Du verlauster Runzelohrkater«, zischte er durch seine

Fangzähne. »Willst du wissen, wer *du* bist? Ein dreckiger, geiler, alter Miesemiez – genau das bist du.«

»Ich werde dich freihändig zerlegen! Wo ist das Mädchen?«

»Irgendwo, wo du sie nicht bekommst. Und schlag dir schleunigst deine dreckigen Gedanken aus dem Mausehirn! Kapiert?«

»Schau dort hinunter, da ist Ting!«, flüsterte Mary. »Und Thai sitzt oben auf der Böschung.«

»Sie haben das sicher so abgesprochen.«

»Was hat Tootoo gerade zu ihm gesagt?«

»Etwas ganz Unmögliches. Ich kann es nicht wiedergeben.«

Ting, dicht an die große Hecke gedrängt, bewegte sich nun vorwärts. Thai schlüpfte aus dem Schatten des Gartenhauses und suchte hinter dem Stamm eines Apfelbaums Deckung. Aber der schwarze Kater merkte nichts von alledem. Seine ganze giftige Aufmerksamkeit war auf Tootoo gerichtet. Den aus den Schuhen zu heben, musste ein Leichtes sein, dachte er, und dann konnte er sich mit den anderen befassen, von denen er annahm, dass sie furchtsam lauschend im Haus saßen. Denn wo sollten sie sonst sein?

Er suchte mit den Krallen seiner Hinterpfoten festen Halt im Gras – und sprang.

»Beim Zeus, das war saubere Arbeit«, flüsterte Charles.

Denn Tootoo hatte einen Sprung fast senkrecht in die Luft gemacht und war, gradewegs über den Kopf des Eindringlings weg, zwei Meter von seinem alten Platz entfernt wieder zu Boden gekommen. Nun stand er mit dem Rücken zu Ting und Thai, während der Schwarze ihnen das Gesicht zukehrte.

Irgendwie musste Tootoo seinen Gegner wieder nach der anderen Seite drehen, denn sonst gab es, wenn Ting in die Schlacht eingreifen würde, nicht die Spur von einer Überraschung. Er stand auf und ging rückwärts, als ob er Angst hätte.

»Jetzt hör halt auf, herumzulungern«, sagte er in einem weinerlichen Jammerton. »Ich will dir ja gar nichts tun.«

Er glitt zum Rosenbeet hinüber, indem er einen Halbkreis um das aufgeblasene und grausame Gesicht schlug. Nach einer Minute war er wieder in seiner ursprünglichen Stellung, und der schwarze Kater, der sich schon im Gefühl eines moralischen Sieges wiegte, hatte sich um sich selber gedreht und kehrte nun wieder seinen Schwanz dem Garten zu.

»Siehst du?«, flüsterte Charles. »Das ist alles pure Taktik.«

»Thai sitzt am Fuß der Böschung. Wo ist Ting?«

»Da. Er kommt jetzt näher.«

Ein hell-dunkler Schatten glitt an den Rand des Rasens, immer näher an den Rücken eines ganz dunklen Schattens heranschleichend. Thai schlüpfte unter einen Begonienbusch, um lautlos sieben Meter von Ting entfernt wieder aufzutauchen. Beide waren jetzt gleich weit von ihrem gemeinsamen Angriffsziel entfernt. Ting wusste, dass Tootoo seine Aufgabe gut gelöst hatte, aber noch immer musste er die Aufmerksamkeit des Schwarzen fesseln. Wenn der Mausekater sich jetzt umdrehte, waren alle Chancen beim Teufel. Tootoo kam rasch zu der Überzeugung, dass weitere Beschimpfungen am sichersten die günstige Gelegenheit herbeiführten.

»Warum wechselst du nicht ins Ausstellungsgeschäft über?«, rief er. »Bei diesen Dorfkatzenausstellungen fällt auch für den miesesten Kater noch ein Preis ab.«

Der Schwarze machte den Mund auf, um etwas zu sagen, aber Tootoo kam ihm zuvor.

»Einen Fangzahn verloren, he? Armer, alter, räudiger Däumling.« Dann fing er zu singen an: »Nie kriegst ein Mädchen in den Arm.«

Und jetzt geschah es – vor den Augen von Charles und Mary. Ein blitzschneller Anlauf – Bäuche am Gras – genau auf den Buckel des schwarzen Katers zu – Krallen in seinen Hals und seine Schulter – ein Schrei des Feindes, gemischt aus Überraschung und Schrecken – ein erfolgreicher Befreiungsversuch – und er raste aus Leibeskräften, Ting und Thai hinter sich, zur weißen Gartentür.

Charles rannte zum anderen Fenster, das zur Straßenseite sah, und riss die Jalousie hoch. Unter ihm, diesseits der Tür, saß wie Horatius auf der Brücke Tootoo mit zurückgelegten Ohren und gebleckten Zähnen.

»Lass ihn machen«, sagte Ting zu Thai. »Wir wollen sehen, wie er's anpackt.«

Tootoo hatte die Flucht des Schwarzen aufgehalten und saß fauchend einen Meter vor ihm. Seine Nackenhaare waren gesträubt, und sein Schwanz glich einer riesigen Flaschenbürste.

»Sollen wir sie nicht trennen?«, fragte Mary besorgt. »Sonst kann es Verletzte geben.«

»Nein, lass sie allein. Schließlich verteidigen sie ihr eigenes Territorium.«

»Ja, schon. Aber Tootoo ist doch nur halb so groß.«

»Es ist sein erster Kampf. Es ist besser, er führt ihn selbst zu Ende. Schau, Ting und Thai beobachten ihn.«

Erschreckende Kehllaute, teils von Abscheu, teils von Verachtung durchdrungen, entströmten Tootoos Innerem. Dies hier war der Urfeind, der Eindringling in die Heimstätten seines Nächsten, der mögliche Verführer der Mädchen und Frauen. All das sagte Tootoo auch dem Schwarzen, während Mary und Charles ihnen vom Fenster aus zusahen. Und Mary log, dass sich die Balken bogen: Sie hätte Wort für Wort verstanden.

Schließlich ergriff Tootoo die Initiative und fiel den Gegner an. Einer geraden Linken folgten zwei blitzschnelle rechte Haken auf dieselbe Stelle unters Kinn des Schwarzen. Der wollte kontern, aber seine Krallen fuhren ins Leere, als Tootoo ihm die Zähne in die Kehle grub und ihn auf den Rücken wälzte. Dann griff er auch noch mit seinen jungen, muskulösen Hinterbeinen in den Kampf ein. Sie fuhren dem Mausekater mit kurzen Schlägen in den Magen, bis die weiße Gartentür mit schwarzem Fell gesprenkelt war. Wenn ein solcher Kampf einmal begonnen hat, hört er normalerweise nicht so schnell wieder auf. Aber dann brach er doch plötzlich ab wie alle Katzengefechte, und beide Gegner setzten sich hin, sahen einander an und leckten ihre Wunden.

Charles öffnete das Fenster. »Hau ab, du bist k.o.!«, rief er. »Gib's auf.«

Der Klang der menschlichen Stimme brach die Spannung, und mit einem plötzlichen Sprung erreichte der schwarze Kater die Tür, während ihm Tootoo, als er über seinen Kopf fegte, einen letzten Hieb versetzte.

Mary konnte erkennen, wie er die Straße in Richtung Weet hinabrannte.

Als Charles und Mary wieder im Bett lagen und die Katzen zusammen in der Küche saßen, hatte Ting, der die Sache bereits draußen mit Thai besprochen hatte, das Gefühl, dass er zwei bedeutsame Feststellungen treffen musste. Er wandte sich Tootoo zu, der eine Maus verzehrte – er hatte sie eben vor dem Haus erwischt und sie als eine vom Himmel gesandte Belohnung für seine heutige Tat genommen.

Tania war aufgewacht. Sie saß auf dem roten Sessel und sah bezaubernd aus.

Ting räusperte sich, bevor er zu sprechen begann: »Wir – äh – wir beide – keiner von uns beiden wünscht«, sagte er ein bisschen dramatisch, »dass du denken möchtest, wir – wir billigten das, was am vergangenen Freitag geschehen ist.«

Tania senkte bescheiden die Augen, hielt sie aber doch weit genug geöffnet, um einen Blick von Tootoo zu erhaschen, der am anderen Ende der Küche saß. So etwas Ähnliches hatte sie von ihren zwei alten Onkeln erwartet. Nun war es also so weit.

Ting richtete seine nächste Bemerkung ausdrücklich an Tootoo. »Du bist dir dessen bewusst, nehme ich an, dass erst am Tag vorher, am Donnerstag also, Tania öffentlich mit einem Angehörigen einer hervorragenden Familie verlobt worden war – mit jemandem, dem wir, Thai und ich, uns mit Freuden verbunden hätten. Er war einmal die zweite Katze des Jahres.«

»Grad das ist's ja«, fiel ihm Tootoo ins Wort. »Er war nur der zweite. Ich fühlte, er war nicht ebenbürtig.«

Ting nahm davon keine Notiz.

»Sogar die Hochzeitsgebühren waren vereinbart, und alles war völlig ehrlich gemeint. Und dann – und dann – du weißt, was dann geschah.«

»Natürlich weiß ich, was passiert ist.«

»Es war keines von den Dingen, die wir in dieser Familie gern sehen«, sagte Ting. »Ich möchte jetzt nichts weiter darüber sagen, außer dem einen, dass es uns, Thai und mir, damals beträchtliche innere Pein verursacht hat. Nun fahr du fort, Thai.«

Thai sprang auf den Küchentisch. Er hatte den Eindruck, dass seine Position dort stärker war – ähnlich der des Richters, der zum Angeklagten auf dem Armesünderbänkchen nicht hinauf-, sondern hinabsieht.

»Aber diese Nacht«, sagte er, »hast du unserer Ansicht nach eine exzellente Vorstellung gegeben.«

Bei Gelegenheiten wie dieser, wenn er so recht herablassend sein konnte, nahm seine Stimme einen Nachtstudio-Tonfall an.

Er fuhr fort: »Du hast nicht nur Findigkeit und Einfühlungsvermögen gezeigt, als du dem schwarzen Lumpen die Fluchtpläne durchkreuzt hast, sondern du hast auch gut und hart gekämpft. Ein oder zwei Schläge sahen aus, als hätten sie unter der Gürtellinie gesessen, aber es besteht keine Veranlassung, irgendein Schiedsgericht deswegen anzurufen. Wie gesagt: Es war eine ausnehmend gute Arbeit.«

Einen Augenblick lang war Ting richtig stolz auf Thai, da er wusste, welche Anstrengung es diesen kostete, solche Dinge zu sagen, und wie er sein Äußerstes tat, seine eifersüchtigen Gefühle zu unterdrücken. Er wusste, dass – wenigstens in diesem Fall – Thais Bewunderung ursprünglich und echt war. Er nickte ihm zum Zeichen dafür zu, dass er ihm völlig beistimmte.

Dann machte er selbst eine großartige Geste.

»Alles in allem«, sagte er, »haben wir beschlossen« – er räusperte sich die Kehle frei – »dich als Mitglied des Haushalts anzuerkennen.«

Dabei sah er verlegen aus und nahm einen Schluck Wasser aus der Schüssel unter dem Küchentisch. Tootoo wandte sich ab und stieg die Treppe zu seinem Lager hinauf. Natürlich war er ein Mitglied des Haushalts, und es bedurfte keines alten Trottels, ihm das mitzuteilen. Dennoch musste er Rücksicht auf das Alter nehmen, und er beschloss, die Anerkennung dankbar anzunehmen.

»Danke, alter Herr«, rief er. »Und gute Nacht!«

# Mit gütiger staatlicher Erlaubnis

Er wird nicht fett durch euer Fasten; wird nicht reich
Durch eure Spenden; wird nicht herrlicher
Durch eu'r Entzücken; wird nicht mächtiger
Durch eu'r Vertraun. Nicht wahr?
(Nathan der Weise)

Charles hatte längst mit der Arbeit an seinem neuen Roman angefangen. Er sollte in der Gegenwart einsetzen, dann zurückblenden zum Mai 1945 und die Nachkriegsjahre durchlaufen, bis sich der Kreis in der Gegenwart wieder schloss. Das Buch handelte von einem jungen Mann und einem Mädchen – ein Thema, von dem Charles durch vielfältige Erfahrungen herausgefunden hatte, dass es beinah jedermann interessierte.

Er las die ersten paar Seiten, die er bereits geschrieben hatte, legte sie wieder weg und fühlte sich befriedigt. Er wusste, er besaß aus der Zeit, ehe er Mary kennengelernt hatte, einen so reichen Schatz an Erfahrungen, um damit ein Dutzend Bücher zu füllen. Er musste diese Erfahrungen bis zur Neige auswerten, und er konnte ja Mary jederzeit erklären, dass dies alles seine fruchtbare Phantasie hervorgebracht hätte.

Er spannte einen neuen Bogen in die Schreibmaschine und wandte sich ihm entschlossen zu. Er konnte sogar, dachte er sich, etwas aus dem rothaarigen fünfzehnjährigen Mädchen herausholen: zum Beispiel die Art und Weise, wie sie ihn eines Tages in einem Wandschrank geküsst hatte. Sie konnte ja im Buch ruhig zwanzig, einundzwanzig oder zweiundzwanzig sein. Das Alter tat fast gar nichts zur Sache. Der Kuss war es, den er beschreiben wollte. Und er konnte sich noch sehr genau daran erinnern.

Seine Konzentration wurde von einem Laut gestört, der von dem nahe gelegenen Hügel kam. Es war ein leiser metallischer Ton, wie von zwei aufeinander geschlagenen Holzstücken, die mit Blech überzogen waren. Charles erkannte ihn als den Ruf eines Fasanenmännchens, und für den Augenblick dachte er daran, dass Fasanen jetzt Schonzeit hatten.

Eine halbe Stunde später fuhr ein schwarzes Auto mit einem Radiomast mitten auf dem Dach vor der Gartentür vor. Eine von Marys Freundinnen, dachte Charles und schrieb weiter.

Ein paar Minuten später hörte er Mary die Treppe heraufkommen.

»Bist du beschäftigt, Liebster?«, fragte sie an der Tür. »Der neue Polizeiinspektor ist nämlich unten, und er möchte dich sprechen.«

»Weswegen?«

»Er hat es nicht gesagt. Ich glaube, es ist doch besser, wenn du hinuntergehst.«

»Ist es der neue Mann, den niemand leiden kann?«

»Ich nehme es an. Er hat jedenfalls ein abstoßendes Gesicht.«

»Er hat vorgestern Jerry Ponsonby wegen falschen Parkens angezeigt. Ich finde, wenn man nicht mehr parken kann, wo man parken will, dann ist es unmöglich geworden zu leben.«

»O ja, ich bin ganz deiner Meinung. Kommst du jetzt mit hinunter?«

»Inspektor Beecham war ein großartiger Kerl. Er hat nie jemanden angezeigt. Es hat mir sehr leid getan, dass er in Pension gegangen ist.«

Charles stand langsam auf und folgte Mary die Treppe hinunter.

»Guten Morgen, Inspektor.«

»Guten Morgen, Sir.« Der Inspektor war ein dürrer Mann mit einer langen Nase. Um sie in die Angelegenheiten anderer Leute zu stecken, dachte Charles.

»Ich bin eben dabei, die Lizenzen zu kontrollieren«, sagte der Inspektor. »Nicht, dass ich glaubte, Sie hätten keine, Sir.«

»Was für eine Lizenz?«

»Die Fernsehlizenz, Sir. Ich habe im Vorbeifahren ihre Fernsehantenne hinter dem Haus gesehen.«

Nun hatte aber Charles seine ganz eigenen Ansichten über Lizenzen und Zulassungen. Sie liefen im Wesentlichen darauf hinaus, dass er von keiner etwas hielt.

»Ich bin sehr froh, Inspektor, dass Sie das zur Sprache bringen, weil ich nämlich zu der ganzen Sache etwas festzustellen habe. Wenn in England jemand ein Auto kauft, dann darf der Autohändler nicht gestatten, dass das Auto auf die Straße kommt, solang es nicht zugelassen ist. Oder etwa doch?«

»Das stimmt, Sir.«

»Warum gibt es kein ähnliches Gesetz fürs Fernsehen?«

»Wie meinen Sie das, Sir?«

»Genauso, wie ich es sage. Der Besitzer sollte dem Händler die Lizenzgebühr zahlen können, wenn er das Gerät kauft. Das heißt, kein Händler sollte ein Gerät verkaufen dürfen, dem nicht eine Lizenz beiliegt. Verstehen Sie?«

»Ich befasse mich nur mit dem Gesetz, wie es wirklich lautet, Sir, nicht mit dem Gesetz, wie *Sie* es gern haben möchten.«

Charles saß nun fest auf seinem Lieblings-Steckenpferd.

»Ich bin ein vielbeschäftigter Mann, Inspektor«, sagte er gedehnt. »Ich habe nicht die Zeit, alle fünf Minuten zum Lizenzeinkaufen auf die Post zu rennen.«

»Nur einmal im Jahr, Sir!«

»Auch nicht einmal im Jahr. Und bis die Regierung nicht anfängt, etwas sozialen Sinn in dieser Sache zu zeigen, und bis sie nicht diese Lizenzfrage so einfach macht wie einen Autokauf, solang werde ich mich dagegen wehren.«

Es gab eine Pause. Dann fragte der Inspektor: »Wie lange haben Sie Ihren Fernsehapparat schon?«

»Etwas über ein Jahr.«

»Und während dieser ganzen Zeit haben Sie Unterhaltung bezogen, die Ihnen der Staat geliefert hat, und Sie haben nichts dafür bezahlt?«

»Aber viele Sendungen habe ich nicht angesehen.«

»Darum geht es nicht, Sir. Die Programme stehen Ihnen zur Verfügung, wenn Sie sie sehen wollen.«

»Sie scheinen mich nicht zu verstehen: Ich kämpfe für ein Prinzip.«

»Haben Sie zufällig auch noch ein Radiogerät?«

»Ja, ein sehr altes. Ich habe es seit fünfzehn Jahren.«

»Besitzen Sie wenigstens dafür eine Lizenz?«

»Natürlich habe ich keine. Lizenzen sollen, wie ich schon gesagt habe, beim Kauf für das erste Jahr ausgegeben werden. Wenn das zum Gesetz erhoben wird, werde ich mich entschließen, welche zu erwerben.«

Mary kam mit einem Tablett, auf dem drei Tassen Kaffee standen, aus der Küche.

»Und wenn es Ihnen nicht passt, dann können Sie mich ins Gefängnis sperren.«

»Du hast keine Zeit, dich ins Gefängnis zu setzen, Liebster«, sagte Mary.

»Mögen Sie eine Tasse Kaffee, Inspektor?«

»Danke, vielen Dank, gnädige Frau.«

»Dann kommen Sie doch bitte mit ins Wohnzimmer!«

Während Charles laut und nachdrücklich die Regierung, die Polizei und die Lizenzfrage ganz im Allgemeinen angriff, hatte Thai das Haus verlassen, um über den Zaun aufs jenseitige Feld zu springen. Er suchte sich ein hübsches Büschel Gras aus und kaute daran – er wusste, Gras tat ihm gut. Dann schlenderte er zum Bach auf der anderen Seite des Feldes hinunter, das Charles' Anwesen von dem Jim Laws trennte. Irgendetwas bewegte sich hinter einem Grasbüschel, und Thai fuhr darauf los. Es war eine kleine, leckere Feldmaus, die Thai mit Befriedigung verzehrte, wobei er allerdings den Kopf und den Schwanz als zu zäh übrigließ. Dann duckte er sich plötzlich ganz tief ins Gras, als er ein Flügelschwirren über seinem Kopf vernahm. Als er hochsah, entdeckte er ein junges Fasanenmännchen, das in aller Pracht seines Gefieders über den Bach flog und sich im Riedgras am anderen Ufer niederließ. Genau genommen, gehörte das Feld drüben nicht zu seinem

Revier, aber vor einigen Jahren hatte er schon einige Kaninchen dort geholt und einmal sogar ein junges Rebhuhn. So sah er weiter keinen Anlass, sich durch eine von menschlicher Willkür gesetzte Grenze aufhalten zu lassen – wenngleich er lieber in der Dunkelheit hier gejagt hätte. Gedeckt schlich er durchs Gras vorwärts, bis er an den Bach kam. Er fand eine Stelle, wo das spärlich fließende Wasser einen Stein inmitten des Betts freigegeben hatte. Mit einem sicheren Sprung erreichte er den Stein, und von da bedurfte es nur eines weiteren kleinen Satzes, um das andere Ufer zu erreichen. Nun stand er im Riedgras, das über seinen Ohren zusammenschlug wie ein Dschungel von unbewussten Erinnerungen.

Thai überlegte genau, wo der Fasan gelandet war: zwischen einem Telegrafenmast an der Straße und der Stelle, wo er, Thai, den Bach überquert hatte. Den Telegrafenmast konnte er erkennen, ohne dass er seinen Kopf übers Gras heben musste, und so war er sich seiner Richtung sicher. Er wusste, dass es nur eines winzigen Fehlers bedurfte: etwa eines einzigen knackenden ausgetrockneten Grashalms – und seine Beute würde sich mit einem Flügelschlag ins Unerreichbare erheben. Während der Wind das Riedgras beiseitewehte und so eine Bahn freigab, konnte Thai hindurchgleiten und die zurückschlagenden Gräser mit dem sanften Pelz seiner Schulter völlig lautlos auffangen. Und ganz langsam, Zentimeter um Zentimeter, mit zurückgelegten Ohren und angespannten Muskeln, kroch er vorwärts. Wenn er nicht etwas falsch gemacht hatte, dann konnte er nur noch wenige Katzenlängen von dem Vogel entfernt sein, und einen Augenblick lang lag er lauschend still. Jeder, der ihn beim Anpirschen beobachtete, hätte geschworen, dass er bewegungslos dalag. Doch die Entfernung nahm immer mehr ab, und obwohl seine Bewegungen fast nicht erkennbar waren, kroch Thai dennoch unaufhaltsam zentimeterweise vorwärts. Schließlich sah er seine Beute. Nicht die ganze zwar, aber einen schwarzgefleckten grünen und braunen Schwanz zwischen zwei Grasbüscheln. Er schätzte die Entfernung auf fünf Katzenlängen – zu weit, um schon zu springen. Nun kroch er einen um den anderen halben Zentimeter weiter – jede Pfote sacht und vorsichtig hebend, um sie, dem Ziel ein paar Millimeter näher, wieder aufzusetzen. Er konnte hören, wie ein Schnabel in den Boden hackte. Die Schwanzspitze war nur noch eine Katzenlänge vor ihm. Er spannte seine Muskeln und sprang.

Der junge Fasan konnte nicht mehr erfahren haben, was über ihn gekommen war, denn Thai landete von hinten genau auf seinem Hals und schlug ihm augenblicklich die Fangzähne durch das Fleisch in die Wirbelsäule. Ein kleines Aufbäumen, ein schwacher Flügelschlag, eine letzte Abwehrbewegung, und alles war vorbei.

Thai setzte sich hin und spuckte die Halsfedern aus, die sich zwischen seinen Zähnen verfangen hatten. Alles war schön und gut – aber er hatte bisher noch nie etwas so Großes erlegt – und wie sollte er den Fasan heimbringen? Denn eine Jagdbeute, die halbwegs etwas vorstellte, musste dem Hausherrn vorgelegt werden. Thai besaß einen ausgeprägten Stolz und war auf Lob sehr erpicht.

Nachdem er eine Weile ausgeruht und sich gewaschen hatte, schritt er um den toten Körper und dachte über die beste Transportart nach. Er konnte den Fasan zerren, gewiss, aber der Weg war weit. Er packte ihn am Hals und versuchte es, aber sofort gab er den Plan wieder auf, da sich die Krallen des Vogels im Gras verfingen. Die einzige Möglichkeit bestand darin, die Beute zu schleppen.

Thai öffnete sein Maul weit und packte einen Flügel. Aber der Körper des Fasans schlug ihm gegen die Füße, was ihn daran hinderte, gradaus zu gehen, so dass er zwischen den steifen Gräsern stolperte und hinfiel. Er ließ seine Last los und setzte sich zu neuem Nachdenken und wiederholtem Waschen nieder. Es gibt nämlich unter Siamkatzen die alte Redensart: Wenn du zweifelst, wasch dich!

Mit der Pfote rollte er dann den Fasan auf den Rücken, weil ihm einfiel, dass bei Vögeln der Balg am Bauch dünner und weicher ist. Nun bückte er sich und schlug dem Fasan alle vier Fangzähne in die Partie unterhalb des Magens. Ein Zahn fuhr knirschend durch einen Knochen, damit der Halt sicherer wurde. Thai nahm alle Kraft seiner Nackenmuskeln zusammen, hob den Kopf so hoch wie möglich und setzte sich in Richtung Bach und Haus in Bewegung.

Beim Überqueren des Wassers verlor er seine Beute, aber es gelang ihm, sie ans andere Ufer zu zerren, und dort wiederholte er sein Manöver von vorhin. Viermal musste er auf dem Heimweg über den Acker stehenbleiben, den Fasan fallen lassen und ausruhen. Als er den Zaun am Straßenrand erreicht hatte, zwängte er den Vogel unter die unterste Latte, übersprang das Gitter und nahm ihn auf der anderen Seite wieder auf.

»Nun denn, Sir«, sagte der Inspektor, »ich will keine unnötigen Umstände machen, aber Gesetz ist Gesetz. Und ich kann nicht anders, als Sie heute in einer Woche nach Ihrer kombinierten Radio- und Fernsehlizenz zu fragen. Andernfalls muss ich die Sache anzeigen.«

»Es hat keinen Sinn, akademische Argumente aufzureihen«, sagte Mary. »Nach dem Buchstaben des Gesetzes sind wir im Unrecht.«

Charles betrachtete die leere Tasse des Inspektors und überlegte, ob er sie irgendwie mit Gift nachfüllen könnte. Aber ehe er ein neues Argument an den Haaren herbeigezogen hatte, dem Kaiser nicht zu zahlen, was des Kaisers war, schritt Thai durch die halbgeöffnete Tür und legte ihm seinen Fasan vor die Füße. Dann setzte er sich auf die Hinterbeine, sah zu Charles auf und verfiel in ein leidenschaftliches Schnurren.

»Irgendwer hat die Speisekammer ausgeräumt«, sagte der Inspektor.

»Zum Teufel – das ist doch ein Fasan!«

»Da hört sich alles auf!«, rief Charles.

»Aber es ist Schonzeit für Fasane, Sir.« Die Stimme des Inspektors nahm einen bedrohlichen Ton an. »Es ist Schonzeit.«

»Er kann nicht aus der Speisekammer kommen«, sagte Mary. »Seit letzten Januar haben wir keinen Fasan mehr gehabt.«

»Woher kommt er dann?«

»Es muss der sein, den ich im Wald habe rufen hören – ganz kurz bevor Sie gekommen sind, Inspektor.«

»Im Wald – das ist doch der Grund und Boden von Jim Law?«

»Richtig.«

Der Inspektor rieb sich die Hände – eine Bewegung, die einen verrückt machen konnte, dachte Charles: ein Zeichen maßloser Selbstzufriedenheit.

»Erst gestern habe ich mich mit ihm unterhalten. In der Tat, er kam aufs Revier, um sich zu erkundigen, ob wir nicht den Wilderern das Handwerk legen könnten.«

»Wilderer? Was soll das heißen? Die Katze hat ihn doch hereingebracht!«

Der Inspektor lachte. Ein grässliches, ekelhaftes Lachen, stellte Mary fest.

»Nein, nein, Sir, Katzen gehen nicht auf Fasanen.«

»Ich weiß ganz sicher, dass dieser Kater schon ein Rebhuhn gefangen hat.«

»Aber dieser Vogel ist ein Fasan. Ein Fasanenmännchen. Sogar ein sehr schwerer Vogel.«

Er hob ihn auf und wog ihn in der Hand. Thai packte seine Beute sofort wieder am Schwanz und zog sie zu sich zurück, stellte sich schützend davor und starrte den Inspektor an.

»Denken Sie vielleicht ...«, begann Charles, doch er brach seinen Satz ab.

»Ich denke nie etwas, Sir. Aber sind Sie nicht zufällig heute Vormittag mit dem Gewehr aus dem Haus gegangen?«

»Natürlich ging ich. Vor dem Frühstück. Und ich schoss eine Taube, die jetzt in der Speisekammer liegt. Wollen Sie sie sehen? Und damit Sie es wissen: Für Tauben gibt es keine Schonzeit.«

»Mr Law schiebt alle Schuld den Zigeunern in die Schuhe. Aber ich glaube, Zigeuner wildern nicht halb so viel, wie manche Leute glauben möchten.« Er sah Charles scharf mit seinen kleinen Äuglein an.

»Beschuldigen Sie vielleicht mich, den Fasan geschossen zu haben?«

»Schrei nicht, Charles«, sagte Mary.

»Ich beschuldige niemanden, Sir. Ich will nur den Dingen auf den Grund kommen.«

»Ich sage Ihnen hier und jetzt, dass mein Kater ihn geschossen – äh, ihn gefangen hat.«

Das war der Augenblick, da Mary das Thema zu wechseln wünschte. »Ich habe zwei Karten für den Polizeiball gekauft, Inspektor«, sagte sie heiter.

»Wirklich, gnädige Frau? Das ist sehr liebenswürdig von Ihnen.

Also«, sagte er zu Charles, während er aufstand, »ich werde in einer Woche wiederkommen. Guten Morgen, Sir. Guten Morgen, gnädige Frau.«

Charles war außer sich vor Wut. »Wenn du denkst, dass wir auf den Ball gehen, dann täuschst du dich«, polterte er. »Mich zu beschuldigen, dass ich bei Jim Law wildere!«

»Ich denke mir, er wird sich auch nicht sehr mit dem Gedanken anfreunden können, dass Thai es war«, sagte Mary.

Eine Weile sagte niemand etwas. Dann bückte sich Charles und streichelte Thais Ohren.

»Ja, ich hätte es auch nicht gedacht. Trotzdem hat er es ausgezeichnet gemacht.«

Mary hängte den Fasan in die Speisekammer neben die Taube.

»Kommst du mit nach Weet?«, fragte sie.

Da es nicht gut war, an diesem Morgen noch einmal mit der Arbeit zu beginnen, ging Charles mit ihr zum Auto hinaus.

»Ich muss zum Metzger, ins Gemüsegeschäft und zur Schneiderin«, sagte Mary während der Fahrt.

»Inzwischen kannst du auf die Post gehen und die drei Lizenzen kaufen.«

»Du meinst zwei. Wozu brauchen wir drei?«

»Nur deshalb, Liebster, weil du bisher auch noch keinen Waffenschein gehabt hast. Und es wäre ausgesprochen umständlich, dich immer im Gefängnis zu besuchen.«

# Der edle Rittermann

Koch deinen Mut nur his zum Siedepunkt,
Und es misslingt uns nicht ...
Halt hoch dein Herz, mein edler Freund,
Halt hoch den Schwanz!
(50% Lady Macheth, 50% Charles Warren. Respekt vor beiden!)

Charles war nun mitten in seinem Buch. Er hatte längst wieder vergessen, dass ihn erst vor kurzem noch der Gedanke geängstigt hatte, er könnte verrückt werden. Wohl verleugnete er keineswegs das Erlebnis, das er in der Katzenausstellung gehabt hatte, aber jetzt weigerte er sich, es auf seine Zukunft Einfluss nehmen zu lassen. »Es gibt im Himmel und auf Erden Dinge ...«, zitierte er Hamlet. Immerhin hatte auch Balaams Esel gesprochen – oder vielleicht nicht? Bitte, so war es! Alles ist möglich.

Die Sonne leuchtete über der Marsch, als Miss Flock mit dem Mittvormittagskaffee heraufkam.

»Ein herrlicher Tag«, sagte Charles heiter. »Nicht wahr, Miss Flock? So ein Wetter hebt die Lebensgeister.«

»Regen am Nachmittag«, antwortete sie, und ihre Stimme klang, als ob es bereits in Strömen gösse. Miss Flock zeigte nie Interesse an dem Wetter, das gerade herrschte. Für sie war nur von Bedeutung, was aus dem Wetter werden würde. Und das entnahm sie jeweils dem Wetterbericht nach den Frühnachrichten.

»Aber es ist doch keine einzige Wolke am Himmel«, meinte Charles belustigt.

»Trotzdem Regen am Nachmittag, Kälte in der Nacht.«

»Glauben Sie doch das Zeug nicht!«

»Jawohl, genau das ist es, was der Mann gesagt hat. Es stimmt gewöhnlich ziemlich genau.«

»Wie geht es Ihrer Schwester«, fragte Charles in der Hoffnung, sie damit etwas heiterer stimmen zu können.

»Ach Gott, es geht ihr schlecht, Mr Warren. Sie wissen ja, man hat sie aufgeschnitten. Rechts im Unterleib. Sie fanden wenig schöne Dinge drin, hat die Schwester gesagt, wenig schöne Dinge.«

»Was für Dinge?«

»Also zum Beispiel eine Sicherheitsnadel von ihrer letzten Operation. Das hat man davon, wenn man Kassenpatient ist. Und das gibt einem zu denken! Oder vielleicht nicht?«

Charles stimmte zu, dass dies einem schon ein bisschen zu denken gäbe. Wenn man so etwas hörte, blieb einem nichts anderes übrig.

»Diese Tania«, fuhr Miss Flock fort. »Ihr Hunger ist zur Zeit einfach nicht zu stillen.«

»Das überrascht mich gar nicht. Sie bekommt doch ihre Kätzchen.«

»Ja, ich glaube auch, dass es das ist. Bei meiner Schwiegertochter war es genauso. Als sie sich bei mir aufhielt, aß sie immer die Speisekammer leer. Aber jetzt, glaube ich, muss ich mich wieder an meine Arbeit machen.«

An der Tür wandte sie sich noch einmal um. »Dieser Sonnenschein«, sagte sie, »er geht einem doch auf die Nerven!«

»Sie meinen, Ihnen wäre es lieber, wenn es regnete?«

»Nein, nicht direkt. Das geht einem genauso auf die Nerven. Sonderbar, nicht?«

Auf der anderen Seite der Straße konnte Charles den großen Dänen Oscar in einem Fleck nervenzerrüttenden Sonnenlichts liegen sehen. Er beobachtete Ting, der über die Gartentür sprang und hinüberspazierte, um seinem Freund einen guten Morgen zu wünschen. Dann versenkte Charles sich wieder in seine Arbeit.

»Wie geht's?«, fragte Oscar leutselig. »Kommen Sie und setzen Sie sich neben mich in die Sonne.«

Er bewegte seinen gewaltigen Körper, als Ting sich neben ihm niederließ.

»Die Sonne, die Sonne, die Sonne«, murmelte Ting, indem er nach oben blickte. »Sie ist das Wesentliche in meinem Leben.« Und er atmete mit Behagen die warme Luft ein.

»Wissen Sie eigentlich«, fragte Oscar, »dass ich, umgerechnet aufs Menschenjahr, gestern vierundachtzig geworden bin?«

»Ich finde, Sie haben sich dafür großartig gehalten. Kaum ein Fältchen auf ihren Wangen, kaum ein Fältchen.«

»Stimmt das« – und ein schüchterner Ausdruck trat in Oscars Gesicht – »stimmt das, dass man in Ihrem Haus einem freudigen Ereignis entgegensieht?«

Doch Ting ließ sich nicht in eine derartige Konversation hineinziehen. »Nicht dass ich wüsste«, sagte er leichthin.

»Aber Sie haben doch gute Augen, meine ich. Und soviel ich sehen kann, gibt es keinen Zweifel daran.«

Ting stand augenblicklich auf und ging weg, wobei er so tat, als ob er einen Vogel gesehen hätte. Es ist doch wirklich so, sagte er zu sich, dass diese alten Hunde richtig geschmacklos sind.

Nach dem Mittagessen kam Mary zu Charles ins Zimmer gerannt. Er war gerade beim Schildern einer sehr gefühlvollen Liebesszene und wollte sich nicht unterbrechen lassen.

»Es tut mir sehr leid, Liebster, aber es ist wirklich furchtbar wichtig.«

»Ich mag nicht, dass du so hereinplatzt. Das zerstört mir einfach die ganze Konzentration. Hat es tatsächlich keine Zeit?«

»Ich habe gedacht, du würdest es gleich tun.«

»Was tun?«

»Ach, wenn du eine solche Laune hast, dann lieber nicht.« Sie sah ihm über die Schulter. »Wie weit bist du schon gekommen?«

Charles lehnte sich, ergeben seufzend, in seinen Sessel zurück.

»Darf ich lesen, was du geschrieben hast?«

»Bitte, wenn es sein muss!«

Sie nahm das Kapitel, das sorgfältig aufgestapelt neben der Schreibmaschine lag. Als sie mit dem Lesen fertig war, sagte sie: »Ist es nicht ein bisschen altmodisch?«

»Was soll das bedeuten: altmodisch?«

»Hör zu. Du sagst hier, dass sie im Parterre einen schweren Krach miteinander gehabt haben, und dann geht er hinauf und ins Bett.«

»Und was ist daran falsch?«

»Und dann, zwei Seiten später, kommt sie zu ihm ins

Zimmer hinauf mit der Absicht, sich mit ihm auszusprechen.«

»Und?«

»Aber das tut sie nicht. Ihr Gefühl weiß es besser – ausgenommen in deiner Literatur.«

»Warum nicht? Sie ist eben ein Mädchen mit außergewöhnlich freundlichen Gefühlen.«

»Ich habe auch freundliche Gefühle, aber wenn du mich so angeredet hättest, wie er sie im Parterre angeredet hat, dann wäre ich zu dir ins Zimmer gegangen und hätte dir eine Flasche über den Kopf geschlagen.«

»Aber sie sind doch nicht verheiratet. Jedenfalls jetzt noch nicht.«

»Dann ist sie, wenn sie auf diese Art vor der Hochzeit nachgeben will, im Begriff, einen unverzeihlichen Missgriff ein für allemal zu machen. Du musst es wirklich auf den heutigen Stand bringen.«

»Würde es dir etwas ausmachen, wieder hinauszugehen und mich mein Buch auf meine Weise schreiben zu lassen?«

»Auch recht, wenn du auf meinen Rat keinen Wert legst.«

»Was hat dich heraufgetrieben, das du mir sagen wolltest?«

»Ich kann mich nicht erinnern. Man meint, du schreibst über eine deiner Tanten. Ein modernes Mädchen ...«

»Bitte, Mary! Bitte!«

»Ich wollte doch nur sagen, dass sich ein modernes Mädchen einfach nicht so benimmt. Weiter nichts.«

Charles stand auf und öffnete die Tür für Mary.

»Ach so, jetzt weiß ich wieder, warum ich heraufgekommen bin«, sagte sie. »Im Werkzeugschuppen ist eine Ratte.

Ich wollte eben die Hühner füttern. Da war sie im Schrank. Die größte Ratte, die ich je gesehen habe.«

»Was hast du dagegen getan?«

»Ich habe geschrien. Willst du nicht etwas dagegen unternehmen?«

»Was möchtest du gern, dass ich tue?«

»Geh hin und bring sie um!«

»Ich habe gedacht, du magst es nicht, wenn etwas getötet wird?«

»Ratten habe ich damit nicht gemeint – noch dazu, wenn du es tust.«

»Danke vielmals«, sagte Charles, und er machte hinter ihr die Tür zu.

Tootoo lag an diesem Abend um zehn Uhr in tiefem Schlaf auf Charles' Knien. Als er in den Werkzeugschuppen gebracht wurde, war er noch etwas benommen. Er hatte nicht die leiseste Idee, was das bedeuten sollte, und er war ziemlich verärgert, als er den Mann sagen hörte: »Gute Nacht, alter Junge! Bis morgen früh!«

Er streckte seine Vorderbeine so weit wie möglich von sich, dehnte sich, schleifte dann seine Hinterbeine über den Betonfußboden und versetzte sich selber einen Schlag, um sich richtig aufzuwecken. Wenn das irgendein Scherz sein sollte, dann war es ein ganz miserabler. Seine Augen waren im Dunkel granatrot geworden, und er begann, laut zu grollen in der Hoffnung, man würde ihn im Haus hören. Aber beide, Mary und Charles, waren schon schlafen gegangen.

Was hatte er angestellt, um dessentwillen er diese Strafe verdient hätte? Gewiss, er hatte heute früh in der Speisekammer einen Hühnerflügel von einem Teller gestohlen, aber er wusste nur zu gut, dass ihn niemand bemerkt hatte. So war es schmachvoll und unerhört, ihn für die Nacht in den Schuppen zu sperren. Er stieß ein langes, klagendes Heulen aus. Es war die Entehrung – weniger der Ort an sich – was ihm missfiel. Er hatte eigentlich nichts gegen den Werkzeugschuppen, denn in seinem Inneren bewahrte er glückliche Erinnerungen daran – sehr glückliche Erinnerungen. Aber warum, in aller Welt, war er jetzt hier?

Er beschnupperte den Rasenmäher und fraß etwas frisches Gras, das noch an der Walze haftete. Dann sprang er auf ein Regal, wobei er an einen Blumentopf rumpelte. Dieser Blumentopf ärgerte ihn, weil er sich bewegte, wenn er, Tootoo, sich bewegte und dabei herausfordernd am Rand des Regals balancierte. Ein Hieb mit der Pfote würde diese Bewegung beenden – ein für allemal beenden. Als der Topf auf dem Betonboden in fünfzig Stücke zersprang, gab es einen höllischen Lärm. Tootoo sah hinab und betrachtete sein Zerstörungswerk mit einiger Befriedigung. Einen Augenblick wünschte er, der Blumentopf wäre der Mann gewesen. Dann erinnerte er sich an den Haufen von Säcken und sprang, leise aufsetzend, hinunter. Wenn er schon aus einem unergründlichen Grund gezwungen war, die Nacht hier zu verbringen, dann wollte er es wenigstens so bequem wie möglich haben. Er legte seine eine Vorderpfote über den Kopf und überließ sich dem Schlaf. Es war wohl drei Uhr oder halb vier, als ihn ein kratzendes Geräusch weckte. Er spitzte seine Ohren.

Das Geräusch war wieder zu hören, und es schien aus der Ecke zu kommen, wo der Futterschrank stand. Vielleicht ist es ein Vogel, dachte Tootoo. Aber er erinnerte sich, dass die Vögel, die er kannte, im Dunkel nichts sehen können und sich erst bei Dämmerung bewegen. Dann drang ihm ein ganz neuer Geruch in die Nase, ein Geruch, der kräftiger war als der einer Maus. Tootoo erhob sich und schritt lautlos von den Säcken hinunter auf den Fußboden.

Ganz leise, ganz vorsichtig, die Krallen eingezogen, so dass sie auf dem Boden nicht kratzen konnten – so schlich er auf Zehenspitzen zum Schrank. Das Geräusch wurde lauter. Mit einem plötzlichen Satz landete Tootoo auf der oberen Kante des Schranks, wo er elegant balancierte. Ein dunkler brauner Kopf hob sich ihm entgegen, als er hinuntersah, und ein paar kleine rote Augen musterten ihn. Das war jenes Wesen, von dem Ting und Thai ihm erzählt hatten, jenes aufregend gefährliche Wesen, das Ratte hieß.

Die Ratte bewegte ihren Schwanz und sah, mit gebleckten Zähnen, Tootoo ins Gesicht, und mit einer Bewegung, die so schnell war, dass nicht einmal Tootoo sie wahrnehmen konnte, verschwand sie von der Kante des Schranks. Sie rannte quer durch den Raum. Tootoo flog durch die Luft, und mit einem Satz war er an der Tür, denn er wusste, dass zwischen der Unterkante der Tür und dem Fußboden eine kleine Lücke war. Die Ratte wusste das ebenfalls – aber auch, dass jetzt ihr Fluchtweg abgeschnitten war. Sie kroch entlang der Wand zu einem Spaten, wobei ihre Zähne vor Angst und Wut klapperten.

»Du musst sie immer«, hatte Ting gesagt, »in eine Ecke manövrieren.«

Geduckt kroch Tootoo einen Meter vorwärts. Die Ratte zog sich zurück. Noch einen Meter, und sie hatte die Wand im Rücken. Sie stand, den Angriff erwartend, auf den Hinterbeinen. Aber Tootoo wusste, dass er seinen Gegner in der Ecke hatte und seine Zeit abwarten konnte. Es gab kein Entrinnen mehr.

Tootoo war davon überzeugt, dass es die Ratte in ihrer aufrechten Haltung nicht lange aushalten konnte. Er würde zum Todesstoß ansetzen, wenn sie mit den Vorderbeinen wieder am Boden stand, und er schob sich um nochmals zwanzig Zentimeter näher. Über der Ratte war ein Wandbrett, aber in ihrer Lage gab es keine Möglichkeit, dorthin zu entkommen. Trotzdem wandte sie ihre Augen für einen Moment hinauf, der kürzer war als das Klicken eines Kameraverschlusses. In diesem Sekundenbruchteil griff Tootoo an. Seine Krallen schlugen in die buckligen Schultern seines Gegners, und er versuchte, die Ratte auf den Rücken zu rollen, um ihr mit den Fangzähnen die Kehle durchzubeißen. Aber sie war etwas zu schnell für ihn. Sie zog den Kopf ein, als sie die Krallen in ihre Muskeln dringen spürte, und dann bekam sie Tootoos linkes Vorderbein zwischen die Zähne. Das Geräusch des splitternden Knochens konnte man über den ganzen Garten hinweg hören, und Tootoo schrie vor Wut und Schmerz auf. Aber er gab nicht nach und versuchte nochmals, die Ratte auf den Rücken zu wälzen, um ihr die Zähne in die Kehle zu schlagen. Doch auch diesmal war sein Gegner zu gewitzt für ihn: Er ließ Tootoos Bein los und krümmte sich zurück.

Tootoos linkes Vorderbein war nun kampfunfähig, und hätte die Ratte einen Ausfall gewagt, so hätte er ihr nicht folgen können. Es musste also jetzt oder nie geschehen. Er schlug hart mit der rechten Vorderpfote zu, und als die Ratte diesen Angriff abducken wollte, schlug er ihr die Krallen knapp über der Schwanzwurzel in den Rücken. Das war nun die richtige Gelegenheit, und indem er den Feind mit einem plötzlichen Schwung herumwarf, grub er ihm die Zähne in den Hals. Er hob den Kopf, rüttelte mit einer Gewalt, die eines Terriers würdig gewesen wäre, und nun hörte er die Wirbelsäule krachen. Die Ratte lag schlaff da, ihre knopfkleinen roten Augen verloren augenblicklich ihren Glanz. Tootoo wusste, es war vorbei.

Er setzte sich auf die Hinterbeine. Sein linkes Vorderbein baumelte lose von der Schulter, und er leckte das Blut ab. Dann humpelte er auf drei Beinen zu den Säcken zurück.

Das Erste, was Charles sah, als er am nächsten Morgen um halb neun in den Schuppen ging, war die Ratte. »Mary«, rief er zum Fenster hinauf, »er hat sie erwischt.«

Ein sehr kläglicher Schrei kam von den Säcken, und als Charles Tootoo gratulieren wollte, entdeckte er das verletzte Bein. Es war geschwollen wie eine geschälte Banane, und die bloßen Sehnen hingen übers blutige Fell. Charles nahm Tootoo in den Arm und trug ihn ins Haus.

»Hol schnell den Tierarzt!«, rief er Mary zu, die noch im Bett lag und frühstückte. »Die Ratte hat ihm ein Bein verletzt. Sag ihm, er soll Penicillin mitbringen.«

»Armer alter Junge«, sagte er mitfühlend, als er das eingetrocknete Blut über dem Waschbecken mit Marys Gesichtshandtuch abwusch.

»Du hättest mir schon sagen können, zu was du mich hineingesetzt hast«, sagte Tootoo, der sich trotz allem Erfolg noch immer ein bisschen vergrämt fühlte.

»Er sagte: Hol schnell den Doktor, Liebling. Er hat Schmerzen.«

Mary hob den Hörer ab: »Hallo, ist dort Mr Collins? ... Ach ja, guten Morgen, Mrs Collins, ist Ihr Gatte da? ... Er ist verreist? ... Um Gottes willen, eine unserer Katzen hat einen Kampf mit einer Ratte gehabt und ist nun am Bein verletzt ... Wer? Mr O'Reilly? ... Ja, ich weiß ... Rufen Sie ihn an? ... Vielen schönen Dank.« Sie hängte ein.

»Collins ist zum Angeln gefahren. Aber ein Mann namens O'Reilly vertritt ihn. Sie wird ihn anrufen.«

Charles legte Tootoo auf einen Stuhl.

»Können wir ihm irgendwie helfen?«, fragte Mary, während sie aufstand.

»Lass ihn allein seine Wunden lecken. Das tut ihm weniger weh.«

Ting, den das Durcheinander aufgeschreckt hatte, stieg langsam aus Marys Bett.

»Was ist mit dir los?«, fragte er, als er Tootoo auf dem Stuhl liegen sah.

Tootoo hörte einen Augenblick mit dem Lecken auf. »Kümmere dich um dich selber, alter Trottel.«

Ting warf einen Blick auf Tootoo, fand den Anblick peinlich und schritt aus dem Zimmer.

Mr O'Reilly kam kurz vor zwölf Uhr. Er war ein Ire und praktizierte erst seit vier Jahren in England. Sein Akzent war so streng wie der Geruch seines Rattenfängermantels.

»Einen Siamkater haben Sie?«, fragte er, als Mary ihn an der Haustür begrüßt hatte. »Wenn's eine Kuh oder ein Schwein wäre, dann könnte ich Ihnen nützlicher sein.«

Kein guter Anfang, dachte Mary. »Kommen Sie immerhin

herein, um ihn einmal anzusehen. Er hat einen sehr hässlichen Biss abgekriegt.«

Mary führte den Tierarzt ins Wohnzimmer, wo Charles Tootoo im Arm hielt. Mary besorgte die Vorstellung. »Halten Sie zufällig Schweine?«, fragte der Tierarzt.

»Wir halten keine Schweine, nur vier Siamkatzen.« Mary sagte es mit Nachdruck.

»Schade«, sagte Mr O'Reilly. »Ich bin nämlich Spezialist für Schweine.«

»Es tut mir sehr leid, aber wir haben wirklich kein einziges Schwein«, wiederholte Mary.

»Wollen Sie uns vielleicht sagen, Mr O'Reilly, dass Sie kein Spezialist für Katzen sind?«, fragte Charles.

»O doch, ich habe seinerzeit einige Kätzchen ertränkt. Aber am besten verstehe ich mich auf Bauernhofviecher. Lassen Sie mich das Biest einmal sehen.«

Charles nahm Anstoß an dem Wort Biest, aber er hielt Tootoo trotzdem zur Untersuchung hin. Mr O'Reilly hob das verletzte Glied hoch und betrachtete die Wunde.

»Das Bein ist gebrochen«, sagte er nach einer Weile. »Sie können den Knochen herausstehen sehen. In dem Fall gibt's nur eines: Vernichten Sie die Katze. Vernichten Sie sie.«

»*Was* sollen wir tun?«, keuchte Charles ganz entsetzt. »Vernichten. Ich werde ihr etwas Gas geben. Und in ein paar Sekunden ist alles vorbei.«

Einen Augenblick lang dachte Mary, Charles würde den Tierarzt anfallen und verprügeln. Aber er nahm sich zusammen und sprach gelassen und würdevoll:

»Vielen Dank für Ihren Besuch, Mr O'Reilly. Würdest du so gut sein, Mary, und Mr O'Reilly hinausbegleiten?«

Mary hielt die Tür auf, aber Mr O'Reilly bewegte sich nicht von der Stelle.

»Was wollen Sie denn dann damit anfangen? Die Katze ist, wie sie ist, für Menschen und Viecher nichts mehr wert. Wäre es Ihnen lieber, wenn ich sie erschieße?«

»Ich halte es für besser, wenn wir über diesen Gegenstand nicht weiter diskutieren. Wann kommt Mr Collins zurück?«

»Er ist für eine Woche weg. Ich selbst wohne in Widemouth Harbour. Ich vertrete ihn nur ein bisschen.«

»Haben Sie Penicillinsalbe in der Tasche?«

»Ja.«

»Wären Sie so gütig, sie uns zu überlassen?«

»Wenn Sie uns noch Ihre Gebühr sagen, werden wir auch das gleich erledigen«, sagte Mary.

»Es macht eine halbe Guinee.«

Mary nahm das Geld aus ihrem Geldbeutel und ließ sich die Penicillinsalbe geben.

»Also, auch recht«, seufzte Mr O'Reilly. »Wo Dummheit ist, ist Seligkeit. Die Katze wird in zwei Tagen so tot sein wie ein Tapezierernagel.«

Er steckte das Geld ein, und Mary begleitete ihn hinaus.

»Können Sie mir sagen, wo der Hof von Mr Law ist?«

»Gradaus die Straße weiter, und dann das erste Haus rechts.«

»Vielen Dank. Ich muss dort nämlich ein Pferd erschießen«, sagte er, während er ins Auto stieg.

# Chirurgie

Verflucht, wer meine Gebeine bewegt!
(Shakespeares Grabinschrift.
Oder was Tootoo zu Mr Nixon sagte.)

»Ob ich mich nun damit blamiere oder nicht, ich werde es auf alle Fälle versuchen.« Während er sprach, schnitzte Charles mit einem Taschenmesser an einem dünnen Stück Holz herum. »Gib mir meinen Rasierapparat und eine elastische Binde aus der Hausapotheke.«

Mary rannte die Treppe hinauf und kam gleich darauf mit einem halben Dutzend mehr Dingen zurück, als Charles bestellt hatte – einschließlich einer Schere.

»Lass mich die Haare abschneiden«, sagte sie. »Du kannst eine Katze doch nicht rasieren.«

Tootoo lag ganz still, als Mary die verfilzte Stelle rund um die Wunde schor. Dann wusch sie das Bein mit einem feuchten Baumwolllappen und strich schließlich die Penicillinsalbe auf.

»Und jetzt werde ich ihn halten«, sagte sie, »während du die Schiene anzulegen versuchst.«

Tootoo machte keine Anstalten, Widerstand zu leisten. Er war intelligent genug, um zu verstehen, dass das, was mit ihm geschah, zu seinem Besten dienen sollte. Nur als Charles ihm den Verband gegen die bloßliegende Sehne presste, stieß er einen leisen Schrei aus. »Vorsicht, Chef, das tut weh.«

»Und jetzt werde ich ein Stück Holz oben aufs Bein legen und eines darunterhalten, und du wirst es einbinden.«

Mary legte die zwei dünnen Holzspäne an ihren Platz, während Charles die Binde darumschlang. Als er damit fertig war, trat er einen Schritt zurück, um sein Werk zu betrachten.

»Sieht gar nicht so schlecht aus«, stellte er fest. »Setz ihn auf den Boden – aber vorsichtig.«

Mary stellte Tootoo auf den Teppich. Er stand da und blickte mit einem hilflosen Ausdruck zu ihr auf. Sein bandagiertes Bein hielt er etwas hoch und seitwärts ausgestreckt, weil es völlig steif war und er es nirgends sonst unterbringen konnte.

»Sobald ihr beide verschwunden seid«, sagte Tootoo, »beiße ich das Stinkzeug herunter.«

»Was hat er gesagt?«, fragte Charles.

»Er hat gesagt, es sitzt ganz bequem und nicht zu fest.«

»Bist du ganz sicher, dass er das gesagt hat? Irgendwie hat es, finde ich, verstimmt geklungen.«

»Gar nicht, Liebster. Alles in Ordnung. Ich habe jedes Wort genau verstanden.«

»Einen Dreck!«, sagte Tootoo verächtlich.

»Hast du das auch verstanden?«, fragte Charles.

»Nein, ich habe nicht darauf geachtet.«

»Ich bin nicht sicher, aber ich habe den Eindruck, es hat nach Unsinn geklungen.«

Charles sah nachdenklich eine Weile auf die rührende kleine Gestalt hinunter. Dann sagte er: »Ich weiß nicht, Mary, aber irgendwie bin ich besorgt. Angenommen, ich habe etwas verkehrt gemacht und er bleibt sein Leben lang lahm – ich könnte es mir nie verzeihen.«

»Soll das heißen, dass du Mr O'Reilly wieder rufen willst?«

»Um Gottes willen – nicht diesen Metzger. Drüben in Poundridge gibt es einen guten Tierarzt, einen Mann namens Nixon. Wir könnten jetzt hinfahren und auf dem Rückweg zu Mittag essen. Es sind nur vierzig Kilometer.«

Tootoo hob seinen Kopf: »Wann hört ihr endlich damit auf, mich fortwährend herumzuzerren?«

»Hast du das verstanden?«

»Ja, er stimmt uns zu. Er ist der Ansicht, wir sollten einen Spezialisten konsultieren.«

»Also gut. Du rufst jetzt an, und ich hole das Auto.«

»Ich habe noch nie«, sagte Ting eine halbe Stunde später, als er neben Thai im Garten saß, »ein solches Getue wegen irgendetwas erlebt.«

»Du meinst, es ist nicht schlimm?«

»Er hat lediglich einen kleinen Rattenbiss ins Bein abbekommen – sonst nichts.«

»Nichts und nichts«, sagte Thai, und er beschloss, nicht mehr weiter daran zu denken.

»Und außerdem war es sein eigener Fehler«, stellte Ting fest. »Er hätte nur alles so tun müssen, wie ich es ihm erklärt habe, und die Ratte wäre ihm mit den Zähnen nicht einmal nahe gekommen. Reine Unfähigkeit seinerseits.«

»Mich hat einmal einer dieser komischen Hunde angefallen, die sie Dandy Dinmont Terrier nennen. Das Vieh biss mich in die Leisten.«

»Ich wette, man hat dich nicht vierzig Kilometer zum Tierarzt gefahren.«

»Natürlich nicht. Ich habe es selbst gesund geleckt.«

»Bitte, da hast du es«, sagte Ting, der zum Zeichen seiner Klugheit den Kopf schüttelte. »Genau das ist es, was diese Leute nie verstehen. Es gibt nichts Besseres als Spucke.«

Tootoo lag, noch bewusstlos, auf dem Tisch im Behandlungsraum. Seine Augen waren geschlossen, und sein Körper lag unbeweglich. Er träumte, dass Ting eine Ratte war und dass er ihn über den Acker vor dem Haus jagte. Völlig überraschend schoss ein Vogel aus der Luft herab – ein Vogel mit dem Gefieder eines Fasans und dem Kopf Thais. Er packte Ting an der Hautfalte am Nacken. Mach ihn nur fertig!, träumte Tootoo.

»In einer Minute wird er wieder zu sich kommen«, sagte Mr Nixon. »Ich bin schon sehr froh, dass Sie ihn hergebracht haben.«

Charles und Mary saßen auf einem Sofa am anderen Ende des Sprechzimmers.

»Habe ich es arg verkehrt gemacht?«

Mr Nixon lächelte. »Das möchte ich nicht gerade sagen. Aber wenn Sie es so gelassen hätten, wäre es, glaube ich, nie mehr ganz richtig geworden. Die Ratte muss verteufelt stark gewesen sein.«

»Wie lang soll dieser Verband dranbleiben?«, fragte Mary.

»Ungefähr vierzehn Tage. Tootoo ist ein junger Kater, und seine Wunde wird rasch heilen. Dann bringen Sie ihn bitte wieder her, damit ich den Verband aufschneide. Das ist eine ziemlich vertrackte Angelegenheit, deswegen möchte ich es lieber selbst tun. Und in einem Monat wird er wieder mit den anderen herumrennen.«

»Haben Sie schon viele Siamkatzen in Behandlung gehabt?«, erkundigte sich Charles.

»Mehr als genug. Ich hatte einmal einen Kater hier, der sich das Rückgrat gebrochen hatte, als er von einem Dach gesprungen war. Wir legten ihn gleichsam in Fachwerk, und nach sechs Wochen war er wieder in Ordnung.«

Er betrachtete Tootoo, der sich bewegte. »Ich glaube, er wacht jetzt auf«, sagte er. Tootoo schlug ein Auge auf, aber er war noch zu benommen, um etwas Lebhafteres zu unternehmen. Mr Nixon streichelte ihm den Kopf. »Ein hübscher Kerl«, meinte er, »und beste Rasse.«

Das verstand Tootoo, und er hätte all seinen Fisch der nächsten Woche hingegeben, wenn Ting und Thai das hätten hören können. Auf alle Fälle machte er sich ein gedankliches Merkzeichen, es ihnen beiden zu erzählen, sobald er wieder heimkäme.

»Ich glaube, Sie können ihn jetzt mitnehmen.«

Mary hob ihn auf und wickelte ihn in ihren Schal, den sie mitgebracht hatte. Sie bedankten sich bei Mr Nixon und stiegen ins Auto.

»Achtundsechzig Tage seit jenem fatalen Freitag«, sagte Mary, als sie nach dem Mittagessen heimfuhren. »Das wäre also am nächsten Mittwoch. Ich habe das Datum auf dem Kalender in der Küche rot angestrichen.«

»So bald schon?«

»Ja, doch. Sie hat schon begonnen, ihr Wochenbett herzurichten – habe ich es dir noch nicht erzählt?«

»Nein. Wo denn?«

»In deinem Lederkoffer.«

»Wie? Wo?«

»Du benützt ihn doch nie, Liebster. Ich meine den im

Schrank auf dem Speicher. Sie schnupperte gestern daran herum, und deswegen habe ich ihn für sie aufgemacht.«

»Aber gerade den brauche ich, wenn ich ins Ausland reise.«

»Sie wird ihn längst nicht mehr benötigen, wenn wir wieder einmal ins Ausland fahren.«

»Danke. Vielen Dank«, sagte Charles etwas sauer. »Gibt's sonst noch etwas, was sie gern ausleihen möchte? Etwa meine Seidenhemden als Windeln?«

Mary überhörte das und sah zum Fenster hinaus. Nach einer Weile sagte sie: »Bist du nun einverstanden mit Tootoo oder immer noch nicht?«

»Du meinst mit Tootoo als Vater?«

»Ja. Wenn ich daran denke, wie tapfer er war, als er die Ratte überwältigte – es ist doch herrlich, zu denken, dass diese Eigenschaft auch auf seine Kinder übergeht. Ach ja, ich weiß, wir waren damals wütend, aber jetzt bin ich doch recht froh, dass es so gekommen ist. Du nicht?« Und sie sah ihn mit unschuldigen großen runden Augen an.

»Das Auto wollte an diesem Tag nicht anspringen. Die Batterie war leer.«

»Das stimmt – warum?«

»Und du warst fürchterlich aufgeregt, weil du mich unbedingt aus dem Haus haben wolltest. Es war irgendetwas mit dem Essen fürs Wochenende.«

»War es das? Es ist schon so lange her, dass ich mich nicht mehr erinnern kann.«

»Aber ich weiß es noch genau. Zum ersten Mal in deinem Leben warst du pünktlich. Wir gingen zum Mittagessen zu den Ponsonbys.«

»Ach ja, das stimmt. Wir gingen hin, um Diana Luscombe kennenzulernen.«

»Es war ganz ungewöhnlich, dass du rechtzeitig fertig warst und gewartet hast. Deshalb fuhr mir ein leiser Verdacht durch den Kopf. Natürlich sagte ich nichts; aber es war doch so.«

»Ich verstehe nicht, was du willst. Warum und wozu hast du Verdacht geschöpft?«

Charles sagte erst ein paar Augenblicke lang gar nichts und in beiden Mundwinkeln war ein Lächeln zu sehen. »Es war dein Benehmen, als du Tootoo im Werkzeugschuppen gefunden hattest – das verriet mir dann alles. Es war das größte Affentheater, das ich je gesehen habe.«

»Ich habe nicht die leiseste Idee, wovon du sprichst«, sagte Mary, die rasch zum Fenster hinaussah.

»Ich bin mir ganz sicher. Du selbst hast Tootoo in den Schuppen gesetzt.«

»Schau doch! Eine von Jim Laws Kühen ist auf die Straße gelaufen. Sei vorsichtig, ich möchte nicht, dass ein Unfall passiert.«

»Wirklich nicht? Nicht einmal ein geplanter?«

Charles fuhr das Auto in die Garage und stieg aus. »Gib den romantischen Liebhaber her«, sagte er und nahm ihr den schlafenden Tootoo aus dem Arm. »Glücklicher Kerl«, sagte er. »Als ich in deinem Alter war, hat mir niemand ein Drahtgitter aufgemacht.«

Er trug ihn ins Haus.

Tania kletterte etwas mühsam auf den Hocker vor dem Kamin. Sie war stolz auf Tootoo, weil er die Ratte getötet hatte, aber sie konnte nicht anders, als sich über seine Erscheinung zu amüsieren, als er auf Charles' Sessel lag und das Verbandspflaster an seinem Bein leckte.

»Schmeckt's gut, Lieber?«, fragte sie wie beiläufig.

»Halt den Mund!«, antwortete Tootoo ziemlich ungehalten, denn er war nicht zu Späßen aufgelegt.

»Aber du siehst komisch aus.«

»Und soll ich dir sagen, wie du aussiehst? Du siehst aus wie ein blödes Fass. So siehst du aus.«

Und damit drehte er ihr den Rücken zu, um wieder zu schlafen.

# Die Geburt einer Nation

Wär lieber eine Katze und schrie Miau
Als so ein Knittelversballadenhändler.
(Beim Zeus, Will Shakie passt doch auf alles!)

Käthchenkatz, Käthchenkatz,
Wo bist du gewesen?
Ich war im ersten Stock bei Mütterchen,
Und die ist Königin.
Was hat sie dir gegeben,
Samt oder Seide?
Ein hübsches Töpfchen Milch, das gab sie mir.
(Alte Ballade von einem alten Balladenhändler, aber freimetrisch)

Es war am folgenden Dienstag, und an diesem Vormittag hatte Charles einen Brief von seinem Verleger bekommen, der ihn fragte, wann er endlich mit seinem neuen Buch fertig wäre. Der vorgeschlagene Termin lag zwei Monate früher, als Charles vorgesehen hatte, und das bedeutete für die nächste Zukunft strengste und ununterbrochene Konzentration. Wenn noch mehr Leute von Ratten gebissen werden sollten, dann mussten sie allein damit fertig werden, denn er hatte keine Zeit, wieder nach Poundridge zu fahren – etwa mit Miss Flock, die zu den Frauen gehörte, die nur zu gern von etwas gebissen werden. In diesem Fall musste sie eben, wie ihre Schwester, in die Polyklinik gehen.

Marys Eindringen in seine Gedanken hatte damals sogar eine noch größere Unterbrechung bedeutet als der Zwischenfall mit Tootoos Bein. Sie hatte all seine Vorstellungen in Aufruhr gebracht und, was das Schlimmste war, sein Vertrauen in seine Heldin untergraben. Er dachte lang über das nach, was sie gesagt hatte, und kam schließlich zu dem Schluss, dass er ihre Einwände, obgleich sie einen manchmal einfach irrsinnig machen konnte, doch als richtig anerkennen musste. Angenommen, er ließe also seine Heldin dem jungen Mann eine Flasche auf den Kopf schlagen? Ja, das könnte eine eindrucksvolle Szene abgeben; es verliehe dem Ganzen einen Zug von Gegenwartsnähe. Charles beschloss, es zu versuchen.

Als er wieder zu schreiben begann, hörte er eine vertraute Stimme vor der Tür. »Ach, zum Teufel!«, rief er, während er aufstand. »Musst gerade du mich jetzt unterbrechen?«

Er öffnete die Tür, und Tootoo humpelte herein. Er hielt sein verwundetes Bein so vor sich hin, dass jedermann es bemerken musste.

»Was willst du?«

»Nur dich besuchen. Sei nicht so albern und verdrießlich deswegen.«

Charles setzte sich und schrieb eine Zeile.

»Willst du mich nicht hinaufheben, Chef? Wie soll ich mit dem Ding da springen?«

Charles hob Tootoo auf den Schreibtisch, wo er laut schnurrend saß, indem er seinen Kopf an Charles' Schulter rieb. Eine Biene kam zum Fenster hereingeflogen, kreiste zweimal rund ums Zimmer und brummte dann gegen die Fensterscheibe. Krankes Bein oder kein krankes Bein – Wespe war Wespe, und es machte einen großen Spaß, sie durch Tappen mit der Pfote zu ärgern. Tootoo kletterte unsicher über die Tasten der Schreibmaschine – gerade als die Wespe den Rand der Scheibe erreichte und mit einem noch böseren Summen ins Freie verschwand.

Charles betrachtete den eingespannten Bogen Papier und las:

Francis schloss die Tür seines Zimmers, legte das Dinner Jacket ab und hing es an SU7hl5/8 pmsktorukwid % 7/8-1/4 109K?

Tootoo saß auf der anderen Seite des Schreibtisches und grollte allen Insekten.

»Danke, Kollege«, sagte Charles. »Du warst mir eine große Hilfe.«

Dann nahm er das Blatt aus der Maschine und spannte ein neues ein.

Auf der Seite des Schreibtisches, die dem Fenster zugewandt war, hatte Charles mehrere Fotos seiner Familie aufgestellt. Sie wirkten, er fühlte dies genau, als Ansporn. Manchmal konnte er an Sandra einen dünnen, mageren, halbverhungerten Gesichtsausdruck erkennen, oder den finsteren Blick, mit dem ihn Nicholas anstarrte. Offenbar litten sie unter Nahrungsmangel, und er, Charles, musste angestrengter arbeiten. Und auch Marys Foto, das jedermann bewunderte, weil es das Konterfei eines wunderschönen jungen Mädchens war, erschien ihm zuweilen dennoch düster. Vielleicht fehlten ihr irgendwelche Vitamine oder etwas Ähnliches. Dann stürzte er sich jedes Mal auf seine Schreibmaschine und hämmerte sie mit einem Finger fast kaputt.

Als Tootoo, verärgert darüber, dass die Wespe durchs offene Fenster davongeflogen war, die Reihe ledergerahmter Fotografien bemerkte, erinnerte er sich an den Blumentopf im Werkzeugschuppen. Nur ein Stoß! Nur ein Stoß mit seiner gesunden Pfote, wenn der Mann gerade nicht hersah! Sie würden zwar keinen so herrlichen Krach wie der Blumentopf schlagen, aber es musste immerhin lustig sein, es auszuprobieren. Tootoo krümmte seine Pfote und versetzte Marys Bild, das am nächsten war, einen schnellen Hieb. Es schwankte, stürzte und fiel hinter die Heizsonne.

Charles wurde wütend. »Was stellst du da wieder an?«, schrie er. »Wenn du nicht dein böses Bein hättest, würde ich dich zum Fenster hinauswerfen.«

Er öffnete die Tür und rief nach Mary, die im Erdgeschoss war.

»Möchtest du bitte heraufkommen und Tootoo wegschaffen; er ist deine Katze.«

Mary wusste, dass er es sich bei den Kindern genauso angewöhnt hatte. Wenn sie etwas gut gemacht, etwa einen Jahrespreis in der Schule gewonnen hatten, dann waren es seine Kinder. Hatten sie aber etwas ausgefressen, dann waren es ihre. Mary stellte das Bügeleisen beiseite und kam die Treppe herauf.

»Ich möchte nun wirklich nicht mehr unterbrochen werden«, erklärte Charles mit Nachdruck. »Weder von Katzen noch von sonst etwas.«

Mary nahm Tootoo in den Arm und trug ihn die Treppe hinunter.

Eine Stunde später stürzte sie wieder ins Zimmer mit Augen, die vor Aufregung fiebrig glänzten.

»Bist du beschäftigt, Liebster? Weil Tania nämlich gerade in deinen Koffer gestiegen ist.«

Charles hörte zu schreiben auf. »Es ist mir einfach ganz unmöglich, zu arbeiten, wenn du alle fünf Minuten hereingelaufen kommst, um mir etwas über Tania zu erzählen. Ich bin ein Schriftsteller und kein Gynäkologe.«

»Aber sie wird jede Minute ihre Kätzchen bekommen.«

»Wenn du immer so hereingeplatzt kommst, dann bekomme *ich* sie noch. Würde es dir etwas ausmachen, jetzt wieder zu gehen?«

»Ich habe gedacht, es würde dich interessieren. Es hat dich doch stundenlang ums Krankenhaus herumgetrieben, als unsere Zwillinge ankommen sollten.«

»Aber ich wäre nicht so interessiert gewesen, wenn ich damit hätte rechnen müssen, dass du sechs bekämst.«

Mary sah die leere Stelle auf dem Schreibtisch an. »Was ist mit meinem Foto geschehen?«, fragte sie.

»Es liegt hinter der Heizsonne. Tootoo hat es hinuntergeworfen.«

»So! So kümmerst du dich um mich. Ich weiß schon, du hast ihn dazu angestiftet. Gut, gut, man lebt und lernt.« Und sie stürzte wütend aus dem Zimmer.

Es war ein Uhr früh am Mittwoch, als Mary im Schlafzimmer Licht machte. Charles wachte auf und blinzelte. »Was tust du? Fehlt dir etwas?«

»Ich habe eben Tania gehört«, sagte Mary, indem sie sich aufsetzte.

»Die Natur weiß, was ihr nottut«, murmelte Charles schläfrig. »Oder soll ich ihretwegen die Londoner Ärzteschaft aufscheuchen?«

Mary zog ihren Morgenrock an und ging zum Schrank auf den Speicher. Sie drehte das Licht an und wurde von Tania mit einem wimmernden Schrei begrüßt. Sie lag lang ausgestreckt auf ihrer Decke.

Siamkatzen werden völlig weiß geboren und haben nicht die geringste dunkle Zeichnung – und zwei solche Kätzchen mit gleichsam riesig großen Pfoten lagen neben Tania. Ein drittes, das eben geboren war, lag zwischen ihren Hinterbeinen und krümmte sich in einer durchsichtigen Hülle. Charles, nur im Schlafanzug, war zu Mary getreten und sah ihr über die Schulter.

»Pass auf«, sagte er, »sie könnte sie auffressen.«

»Tania nie. Hör nur!«

Tania schnurrte vor Stolz und Befriedigung.

»In Frischhaltebeuteln geboren werden – ist das nicht großartig?«

»Und ein gutes Vorbild für Hersteller moderner Verpackungen«, fügte Charles hinzu. »Aber wie kommt das jetzt da heraus?«

Doch Tania kannte ihre Aufgabe ohne Anleitung. Sie rollte sich zusammen und leckte die durchsichtige Haut um das Kätzchen, damit sie weich wurde. Dann biss sie hinein und schuf ein Loch unmittelbar über dem Kopf des Kätzchens. Ihre raue Zunge erledigte den Rest, und die Hülle glitt herunter. Nummer drei war frei. Mary knipste das Licht wieder aus, und sie gingen zurück ins Bett.

Als Miss Flock mit dem Frühstück hereinkam, schliefen sie beide noch. »Guten Morgen, Miss Flock«, sagte Mary, indem sie ihre Arme über dem Kopf dehnte. »Wir haben eine aufregende Nacht gehabt; Tania hat ihre Kinder bekommen.«

»Heut wird es grässlich heiß werden – mindestens fünfundzwanzig Grad, und dann bekommen wir am Abend einen Gewittersturm. Das ist Ihr Ei, Mr Warren, das andere gehört der gnädigen Frau.« Sie stellte das Servierbrett auf den Tisch zwischen den beiden Betten.

»Meine Frau hat Ihnen von Tania erzählt: Sie hat ihre Kätzchen bekommen.«

»So, so. Oh, es ist gut, dass Sie mich daran erinnern. Ich muss meiner Schwiegertochter eine Postkarte schreiben; bei ihr kann es auch jeden Augenblick so weit sein. Das ist ein neues Glas Marmelade, das alte war leer.«

Sie ging wieder hinaus.

»Ich sehe besser noch einmal hinein«, sagte Mary. Sie stieg aus dem Bett und gab Charles, dem sie inzwischen vergeben hatte, en passant einen kleinen Kuss. Sie öffnete leise die Schranktür und lugte hinein. Tania schlief offenbar, und gegen ihren Magen geschmiegt, die Schwänze über die Decke ausgestreckt, lagen sieben weiße Kätzchen. Mary schloss die Tür vorsichtig wieder. »Sieben, Charles, ist das nicht wundervoll?«

Charles war mit seinem Ei beschäftigt.

»Gut«, sagte er. »Ich werde es morgen in die Times setzen lassen.«

# R wie Rosemary

»Und dann sagte er zu ihr psst psst psst.«
»Nicht möglich! Wirklich?«
»Und dann sagte sie zu ihm psst psst psst.«
»Nicht zu glauben!«
»Wirklich. Ich habe es selbst gehört.«
(Am Telefon. Irgendwann. Irgendwo.)

Eines Abends gegen sieben Uhr saß Thai am Fußende von Charles' Badewanne und betrachtete den Mann, der wohlig ausgestreckt im Wasser lag. Seine rechte Vorderpfote spielte nachlässig mit der Stöpselkette.

»Nun sag mir, Thai«, meinte Charles, »wie willst du dich den Kätzchen gegenüber verhalten? Macht euere eifersüchtige Natur den besseren Instinkten in euch Platz, oder was ist sonst?«

»Ich bin nicht weiter daran interessiert.«

»Ting schnuppert seit Tagen an der Schranktür herum. Aber keiner von euch soll einen Blick auf sie werfen, solange sie die Augen nicht aufgeschlagen haben. Dann können sie sehen, was ihr beide vorhabt.«

»Wie wollt ihr sie nennen?«

»Tut mir leid, ich habe noch nicht darüber nachgedacht.«

»Eine ganz schöne Beschäftigung, sich sieben Namen auszudenken.«

Charles konnte sich nicht vorstellen, warum seine Knie kalt wurden, bis er merkte, dass das Badewasser abfloss. Er richtete sich auf.

»Was unterstehst du dich, Thai! Das hast du dir neu ausgedacht. Das kann ich nicht leiden – verstanden!«

Thai hatte noch eine Kralle in einem Glied der Kette und zog langsam den Stöpsel an die Wasseroberfläche. Charles nahm ihn ihm ab, brachte ihn wieder an Ort und Stelle und ließ heißes Wasser nachlaufen.

»Du bist ein ganz durchtriebener Kater.« Und er stieß ihn mit einer nassen Zehe vor die Brust.

Als Mary am nächsten Morgen in den Schrank spähte, hatten fünf der sieben Jungen die Augen geöffnet und sahen sich in ihrer begrenzten Welt von Charles' Koffer um. Tania leckte sie alle ab, wobei sie den Augen des letzten Paares besondere Aufmerksamkeit zuwandte. Während Mary zusah, schlug eines von ihnen ein halbes blaues Auge auf. Dann erhob sich Tania, streckte sich und ging die Treppe hinunter. Von kurzen Abstechern in den Garten abgesehen, war sie zehn Tage lang an ihre Familie angekettet gewesen, und nun fühlte sie ein dringendes Bedürfnis nach Bewegung. Als Ting sie zur Haustür hinausgehen und sich ins sonnenbeschienene Gras setzen sah, trottete er die Treppe hinauf.

Zehn Minuten später kam Tootoo auf drei Beinen ins Wohnzimmer, wo Thai auf dem Schreibtisch saß und zum Fenster hinaussah.

»Nun, was sagst du dazu?«, kreischte er. »Ich gehe eben die Treppe hinauf, um einen Blick auf meine Kinder zu werfen, und was finde ich? Liegt der alte Ting doch bei ihnen im Koffer!«

Thai sah auf ihn herunter und sagte mit ziemlich überheblichem Tonfall: »Warum nicht? Wenn er es so wünscht!«

»Eine ziemliche Unverschämtheit, finde ich.«

»Nicht im Mindesten. Ting hat starke weibliche Instinkte. Das ist es, was ihn zu einem so bezaubernden Gesellschafter für beide Geschlechter macht.«

»Seine verfluchten Instinkte mögen so weiblich sein, wie sie wollen«, sagte Tootoo ziemlich erbittert, »aber sonst ist nichts an ihm dran. Du solltest die enttäuschten Gesichter dieser Kinder gesehen haben. Ich gehe und suche Tania.«

Und er ging in den Garten hinaus.

Seit der Ankunft der Kätzchen war ein neues Interesse in Tings Leben eingetreten. Jeden Tag ging er hinauf zum Schrank, und wenn Tania nicht da war, stieg er in den Koffer und leckte die Kätzchen umständlich ab. Wenn Tania zurückkehrte, gab er sofort seinen Platz wieder auf. Tania schätzte seine onkelhafte Unterstützung sehr, da sie ihr die Möglichkeit für längere Spaziergänge im Garten und für kleinere Schläfchen im Sonnenschein verschaffte.

Aber ihr Verhalten Tootoo gegenüber war völlig anders. Aus irgendeinem Grund hatte sie eine Abneigung gegen ihn gefasst. Mary berichtete Charles, dass manche junge Mütter ähnliche Gefühle gegen ihre Ehemänner hegten, die nur im Weg herumstehen und glauben, gute Ratschläge geben zu müssen.

Aber Tootoo, dem man beim besten Willen kein sensibles Empfinden zusprechen konnte, mischte sich in Sachen ein, wo andere Väter so klug gewesen wären, sich herauszuhalten. Eines Morgens fegte er die Treppe herauf, stieß die Tür auf und ging hinein. Tania war gerade dabei, ihre Familie zu versorgen.

»Morgen, Schönste! Wie stehen die Dinge?«, fragte Tootoo, und er begann, die Kätzchen zu beschnuppern.

»Möchtest du nicht gehen? Ich bin beschäftigt!«

»Also, was ist mit Nummer sieben? Er hat ein ziemlich grobes Benehmen, oder etwa nicht?«

»Würdest du jetzt so gut sein, dich um deine eigenen Sachen zu kümmern?«

»Sie sind doch meine Sache, oder?«

Tanias rechte Vorderpfote huschte vor und traf Tootoo an der Wange. Er wich zurück und setzte sich, mehr verwundert als verärgert, auf den Boden.

»Du bist verwöhnt, das ist dein Fehler«, sagte er. »Zu viel Umstandskrämerei ist um dich gemacht worden. O ja, und noch mehr darum, woher du kommst.«

»Möglich«, sagte Tania würdevoll. »Aber du findest auch keine, die so hübsch ist.«

»Glaub doch das nicht! Und überhaupt sind in der Nacht alle Katzen grau.«

Damit humpelte er wieder die Treppe hinunter, um nachzusehen, ob Tania vielleicht etwas Fleisch in ihrer Schüssel in der Küche übriggelassen hätte.

Charles saß arbeitend in seinem Zimmer, als ein Auto vor der weißen Gartentür vorfuhr. Er sah Rosemary Ponsonby aussteigen, aber er tat so, als hätte er sie nicht erblickt. So gern er Rosemary hatte, sie bedeutete jetzt doch eine Störung. Er sah wieder auf seine Schreibmaschine und schlug einige Male die Leertaste an. »Komm herein«, sagte Mary zur Begrüßung an der Haustür. »Aber wir müssen leise sprechen, Charles arbeitet.«

»Ich weiß«, antwortete Rosemary. »Ich sah gerade, wie er sich duckte.«

»Gehen wir ins Wohnzimmer.«

Es gab eine Menge zu besprechen. Eigentlich waren es ja dieselben Dinge, die Rosemary schon mit Mary beredet hatte, als sie am Vormittag miteinander telefonierten. Charles gab es auf weiterzuschreiben und hörte zu. Aber da er das alles schon einmal gehört hatte, fehlte irgendwie die ursprüngliche Frische.

»Aber ist es nicht faszinierend, Liebste?«, sagte Rosemary eben. »Er hat sie nur einmal beim Tanz getroffen. Dann taucht er in Südfrankreich auf.«

»Durch Zufall?«

»Er sagt es, aber natürlich war es kein Zufall.«

»Hat er eine Jacht bekommen?«

Nein, nein, sagte sich Charles rasch, das war nicht die richtige Zeile. Mary darf sich nicht derartig gehenlassen. Als er heute Morgen frühstückte, hatte sie an dieser Stelle des Gesprächs gefragt: Hat er Geld? Nichts von einer Jacht. Sieht ihr gar nicht ähnlich, sich nicht wortwörtlich zu wiederholen!

»Ich glaube nicht«, antwortete Rosemary. »Aber irgendetwas hat er bekommen.«

»Seinem Großvater gehört halb Sussex«, rief Charles laut.

»Wenn nur Charles sich wieder an seine Arbeit machen und uns nicht unterbrechen wollte!«, sagte Mary. »Erzähl mir weiter über Hubert Lightfoot.«

»Ach, aber meine Liebste, das ist faszinierend.«

»Wer sah Hubert und Mrs Nelson zusammen in London?«

»Gerade das weiß ich nicht. Aber ich werde heute Abend Mrs Warden bei den Jacksons treffen, und sie wird es mir erzählen. Sie war dumm genug, ihre große Dogge mitzunehmen, und so ist sie natürlich erkannt worden.«

»Weiß es seine Frau?«

»Natürlich weiß sie es nicht, meine Liebe. Ich habe es nur dir und zwei anderen Leuten ganz im Vertrauen gesagt.«

Mary konnte hören, wie sich Charles' Stuhl bewegte, als er aufstand und zur Tür ging. Er öffnete sie und rief herunter: »Diese Stimme, die zehn Jahre lang so nah mir ging, kommt jetzt mir viel zu nah. Hättet ihr beide etwas dagegen, in den Garten zu gehen?«

»Es heißt allerhand, mit einem temperamentvollen Mann verheiratet zu sein«, sagte Rosemary, während sie ihre Handtasche ergriff. »Also, wie ich sagte, meine Liebe, als Charles uns unterbrach: Wer immer sie sah, der sah sie zuerst in der Bond Street. Das Dümmste, was sie tun konnten – beim hellen Tageslicht die Bond Street entlangzugehen. Dann muss sie ihnen natürlich gefolgt sein, aus reinem Interesse selbstverständlich, und das Faszinierendste war, zu sehen, wie sie zusammen ins ...«

Ihre Stimme verklang, als sie den Gartenweg hinuntergingen, und Charles wandte sich wieder seiner Schreibmaschine zu.

Er war inzwischen zum wichtigsten Kapitel des ganzen Buches gekommen. Es war die Szene, in der die Heldin auftritt, um das Zerwürfnis zu bereinigen. Der Held lag im Bett mit einer oder zwei Schnittwunden in der Stirn – Glasscherbenschnittwunden. Charles tippte ununterbrochen eine halbe Stunde lang.

Da erklang Marys Stimme aus dem Garten.

»Kommst du herunter, Charles, um Rosemary Adieu zu sagen?«

»Zum Teufel«, brummte Charles und deckte seine Schreibmaschine zu.

»Irgendetwas wollte ich Sie fragen«, sagte Rosemary, als sie den Gartenweg entlang zum Auto gingen. »Ach ja: Hat Diana Luscombe Sie angerufen?«

»Nein.«

»Sie hat dieser Tage angerufen und sich nach Ihrer Telefonnummer erkundigt.« Sie wandte sich an Mary: »Es ging vermutlich um eine Einladung.«

»Wann?«

»Nicht vor dem nächsten Monat. Sie haben uns eingeladen, und wenn Jerry nicht gehen will, weil er London nicht leiden kann, dann werde ich wohl mit Ihnen gehen, Mary.«

»Mit größtem Vergnügen.«

»Immerhin ist Diana erst einmal aus irgendeinem Grund nach Amerika geflogen. Sie wird Sie aber sicher anrufen, wenn sie zurück ist.«

»Wann im nächsten Monat?«

»Am fünfzehnten. Ich glaube, es ist ein Mittwoch. Auf Wiedersehen, Charles, ich bin entzückt, dass ich dieses lange Gespräch mit Ihnen führen durfte.«

»Es war faszinierend«, sagte Charles. »Einfach faszinierend. Leben Sie wohl«

Als der Wagen abgefahren war, gingen Mary und Charles ins Haus zurück.

»Ich mache den Versuch«, sagte Charles geduldig, »mit meinem Buch weiterzukommen.«

»Niemand hindert dich daran, Liebster.«

»Kannst du deine Freundinnen nicht irgendwo anders treffen?«

»Aber wir sind doch in den Garten gegangen!«

»Erst als ich euch förmlich gezwungen habe.«

»Ich habe das ziemlich ungezogen gefunden«, sagte Mary. Als sie sich im Wohnzimmer setzte, sprang ihr Tania aufs Knie, ein verzweifelt dreinschauendes Kätzchen im Maul.

»Tania, was bringst du da an?«

Tania legte das Kätzchen, so lang es war, Mary in den Schoß. Zögernd sah sie auf. »Es ist mein ältestes«, sagte sie.

»Das ist jetzt eine Aufgabe für dich. Sie sprach ganz deutlich. Was hat sie gesagt?«, fragte Charles.

»Mach dich nicht lächerlich! Sie hat gesagt: Das ist mein Benjamin. Nicht wahr, Tania, mein Liebling?«

Sie hob Tanias Benjamin hoch und drückte ihn gegen ihr Gesicht.

# Gerichtstag

Entweder fürchtet er sein Fest so sehr,
oder seine Tugenden sind so gering,
Dass er nicht alles aufs Spiel zu setzen wagt.
(Marquis of Montrose, 1612 bis 1650 oder ähnlich)

Es war fast zwei Wochen später, als Charles im Bett frühstückte.

»Was ist nun eigentlich mit dieser Gesellschaft«, fragte er Mary, »zu der uns Diana Luscombe angeblich einladen wollte?«

»Habe ich es dir nicht gesagt? Sie hat aus Amerika an Rosemary geschrieben, sie müsste es verschieben, bis sie wieder zurück ist.«

»Ach so«, sagte Charles. Und dann fragte er: »Was wollen wir nun mit diesen Kätzchen anfangen?«

»Was meinst du damit – was wir anfangen sollen?«

»Nun, du weißt doch, ich kann es mir nicht leisten, elf Katzen zu halten. Unsere vier alten kosten mich schon dreißig Pfund im Jahr. Ich habe es neulich ausgerechnet. Alle miteinander kommen auf ungefähr achtzig Pfund. Und das ist einfach lächerlich. Wir müssen sie eben verkaufen.«

»Ach, Charles, aber wir können sie gar nicht verkaufen. Sie fangen gerade an, ihre Namen kennenzulernen.«

»Weil irgendeine junge Katze reichlich undeutlich auf den Namen Tondalao geantwortet hat – das kann ich mir beim besten Willen nicht fünfzig Pfund im Jahr kosten lassen.

Wir können für jedes der vier Männchen wohl sechs Pfund bekommen und für jedes der drei Weibchen fünf Pfund. Das sind fast einundvierzig Pfund.«

»Ich begreife nicht, wie du so geschäftlich denken kannst. Wirklich, ich begreife es nicht.«

Das Telefon klingelte und Mary nahm den Hörer ab. Charles fragte dazwischen:

»Sag doch: Männchen oder Weibchen?«

»Es ist Rosemary ... Wann ist es? ... Am nächsten Dienstag? ... Ja, aber furchtbar gern; aber was? ... Das Glücksrad? ... Ja, ich glaube, das gibt einen Heidenspaß ... Nein, die Kinder kommen erst in der Woche darauf zurück ... Gibt es auch? ... Ich muss sagen, es ist kein schlechter Gedanke ... Ich werde ihn fragen.«

»Mich was fragen?«

»Ist schon gut, Rosemary. Also am Dienstag ... Warum kommst du nicht vorher zum Mittagessen zu uns? Wunderbar, Liebste. Auf Wiedersehen.«

Sie legte den Hörer auf.

»Das Wohltätigkeitsfest am nächsten Dienstag bei Mrs Bentham. Rosemary hätte gern, dass ich ihr am Stand helfe. Und irgendwer anderes veranstaltet eine Katzenausstellung. Sie fragt, ob wir nicht unsere Kätzchen zeigen wollen.«

»Großartige Idee. Und die beste Art und Weise, sie loszuwerden.«

Es bestand kein Zweifel, dass die Kätzchen ansehnlich waren, und ohne Frage war ihnen jetzt schon der erste Preis sicher. Kein bedeutsamer Preis zwar, aber doch ein Gesprächsstoff von provinziellem Rang.

Von seinem Badezimmerfenster aus konnte Charles die

Kätzchen sehen – drei von ihnen kletterten die Böschung hinauf. Ting, der offenbar seine Erlaubnis dazu gegeben hatte, erteilte ihnen Anweisungen. Zwei andere saßen in der Gartenlaube, und die beiden letzten unterrichtete Tootoo auf dem Rasen in der Kunst, einen Borkenkäfer zu fangen. Die Szene war ein rührendes Familienbild. Charles wandte sich vom Fenster ab und fuhr mit dem Rasieren fort. Er durfte nicht, so sagte er sich, sentimental werden. Alle sieben Kätzchen hatten zu verschwinden.

Am Morgen des Wohltätigkeitsfesttages kleidete Mary einen Korb mit hellblauer Seide aus, in den die Ausstellungsstücke kommen sollten. Als sie nach einem frühzeitigen Mittagessen daranging, die Kätzchen einzusammeln, war Tondalao verschwunden.

»Wir können dann eben nur sechs zeigen, das ist alles.«

»Wir haben sieben angekündigt, und wir dürfen also nicht sechs zeigen. Außerdem können wir nicht den ganzen Nachmittag weggehen, ohne zu wissen, wo Tondalao ist.«

Charles sah im Garten nach, während Mary und Rosemary das Haus durchsuchten und unter die Betten und in jeden Schrank sahen. Nirgends eine Spur von Tondalao.

»Es ist halb zwei«, sagte Rosemary. »Wir müssen jetzt gehen.«

»Geh du, Charles, ich bleibe hier.«

»Du kannst nicht hierbleiben, Mary. Du musst mir beim Glücksrad helfen.« Rosemary gab in diesem Punkt nicht nach.

»Wann hast du ihn zuletzt gesehen? Wir wollen es einmal von daher durchdenken«, sagte Charles. Dieselbe Methode wandte er gewöhnlich an, wenn Mary ihre Handtasche vermisste – und das tat sie jeden Tag. Aber Marys Antwort blieb unverändert gleich: »Wenn ich wüsste, wo ich sie zuletzt gesehen habe, hätte ich sie doch nicht verloren – oder?«

Und mehr oder weniger das Gleiche sagte sie über Tondalao. Doch dann fügte sie hinzu: »Einen Moment – ich glaube, ich habe ihn in der Küche gesehen.«

»Wann?«

»Als ich die Teller aus der Bratröhre nahm.«

»Wo war er da?«

»Neben dem Herd. Ich bin unmittelbar nach dem Essen wieder in die Küche gegangen, aber dann war er nicht da. Ich kann mich genau erinnern, weil ich den Backofen zumachte.«

Einen Augenblick lang herrschte tiefes Schweigen. Dann schoss ein grässlicher Gedanke durch Charles' Kopf. Er rannte in die Küche.

Vom Herd her ertönte ein Miauen. Charles riss die Backofentür auf. Als er Tondalao herauszog, war er noch ganz heiß – das heißeste Kätzchen, das er jemals in der Hand gehabt hatte.

»Wie konntest du nur so etwas machen!«

»Was denn? Der Herd war doch nicht an. Ich selbst habe ihn abgeschaltet.«

»An oder aus – die Katze ist halb verbrannt – fühl nur!«

Mary nahm ihm Tondalao aus der Hand.

»Ich verstehe nicht, Charles, was für ein Theater du machst. Er schnurrt doch. Geh jetzt hinaus, Charles, und hol das Auto.«

Auf dem Fest waren mehr Katzen ausgestellt, als Charles in Weet überhaupt vermutet hatte. Er sah sich nach dem schwarzen Mausekater um, doch der war nicht da. Kein Zweifel, sein verkrüppeltes Ohr war ihm hinderlich. Aber in Katzenkäfigen, Vogelkäfigen und Weidenkörben waren Katzen aller Art nebeneinandergereiht. Rotbraune, getigerte, Blaue Perser, schildpattfarbene, eine Blaue Britin und eine Katze, die als Manx etikettiert war.

Charles beschloss, den Preisrichtern nichts über die Manxkatze zu sagen, doch er wusste wohl, wem sie gehörte, und er erinnerte sich auch, wie ihr vor einem Jahr der Schwanz in einer Häckselmaschine abgeschnitten worden war. In der Klasse der Jungkatzen hatte er wirklich keine ernsthaften Konkurrenten – außer fünf ziemlich schäbig aussehenden braunen Kätzchen und vier schwarz-weißen. Er stellte seinen Korb unmittelbar neben den braunen nieder.

Der Bürgermeister von Weet war, wie es auf einem handgeschriebenen Anschlag zu lesen stand, der Vorsitzende des Preisrichterkollegiums. In diesem Jahr war der Fischhändler Bürgermeister von Weet – ein Mann namens Donovan.

»Guten Nachmittag, Herr Bürgermeister«, sagte Charles verbindlich, als er ihn beim Preiskegeln um ein Schwein beobachtete.

»Guten Nachmittag, Sir. Ich werde dieses Schwein nach Hause schieben, und wenn es mich ein ganzes Pfund kostet.« Und er schleuderte die hölzerne Kugel wuchtig über den Rasen in Richtung der neun Kegel. Als er fünfundzwanzig Shilling ausgegeben und dabei erst vier Holz gemacht hatte, gab er es auf, um sich nun dem Glücksrad zuzuwenden.

Jeder, der sie sah, bewunderte Tanias Kätzchen, und aus Gründen des Taktes ging Charles etwas beiseite, so dass jeder Kauflustige sich seine Meinung bilden konnte, ohne sich irgendwie verpflichtet zu fühlen. Charles hatte neben den Korb eine Karte mit dem Preis der Kätzchen gestellt.

Die Jury begann um fünf Uhr, und Charles verschwand, bescheiden seinen Erfolg verleugnend, im Teezelt. Er würde um sechs Uhr, nach der Verkündigung, seinen Preis in Empfang nehmen. Während er ein Stück Pflaumenkuchen aß, kamen der Bürgermeister und ein anderer Preisrichter auf eine Tasse Tee ins Zelt. Charles wusste, dass Mr Donovan seine eigenen Ansichten hatte, aber er empfand es als nicht schön, dass er das Wohltätigkeitsfest mit Politik vermischte und seine Stimme weithin über den Rasen vernehmen ließ.

»Ich für mein Teil«, rief der Bürgermeister von Weet aus, »war immer ein Verfechter der autarken Heimatindustrie. Und was die Schuld an allen Wirren der Zeit und der Welt trägt, das sind die Ausländer. Mir ist es gleich, was sie sind – Russen oder Chinesen – ich werde ihnen nie meine Unterstützung zuteil werden lassen.«

Charles empfand es als ein Glück, dass weder Russen noch Chinesen im Zelt waren, denn sonst hätte es wohl einen kleinen Aufruhr gegeben.

Rechtzeitig versammelten sich alle Beteiligten vor den französischen Fenstern des Salons – denn Oberst und Mrs Bentham hatten Haus und Garten für diese Gelegenheit zur Verfügung gestellt – und Mrs Bentham hielt eine kurze Ansprache, der eine längere Rede des Obersts folgte. Dann stand Mr Donovan auf und erklärte, dass Mrs Bentham freundlicherweise der Preisverteilung zugestimmt hätte und dass er nun die Gewinner verkünden würde.

»Für das beste Gartenprodukt«, rief er laut, »geht der Preis an Mrs Wilkinson.«

»Die Frau des Gemüsehändlers«, sagte Charles zu Mary, die sich ihm angeschlossen hatte.

»Ich wette, sie hat das Zeug aus dem Laden genommen.«

»Schsch«, machte Charles. Es gab stürmischen Beifall.

»Und nun zum Preiskegeln um das Schwein«, ertönte die Stimme des Bürgermeisters. »Das hat Mr O'Reilly gewonnen.«

»Was tut er mit dem Schwein?«, fragte Mary. »Ob er es erschießt?«

»Gib jetzt acht – gleich kommt unser Preis.«

»In der Katzenausstellung erhält den Preis für das beste Tier Jeannie Dean – für das schöne Exemplar einer Manx-Katze.«

»So ein Schwindel!«, rief Charles laut.

»Halt dich zurück, Charles, ich bitte dich!«

Jeannie Dean stand auf und nahm unter Beifall ihren Preis in Empfang.

»Es ist so weit«, flüsterte Charles. »Jetzt sind die Kätzchen an der Reihe.«

»In der Jungkatzen-Klasse hat den Preis Miss Flock gewonnen.«

»Was?«, japste Charles.

»Und die Gewinnerin hat mich gebeten, zu sagen, dass ihre hübschen braunen Kätzchen verkäuflich sind – für drei Shilling sechs Pence das Exemplar.«

Die Menschen bildeten eine Gasse, und Miss Flock schritt glücklich lächelnd zum Tisch vor.

Alles klatschte.

Nur Charles nicht.

# Geld wie Heu

Wenn du denkst, du bist im Himmel,
Vergiss die Einkommensteuererklärung nicht!
(Altes Steuereinzieherlied. Seit 30 n. Chr.)

»Es ist die Demütigung«, sagte Mary am nächsten Morgen, als sie im Bett auf Miss Flock wartete, die das Frühstück bringen sollte. »Es ist nur die schreckliche Demütigung.«

»Ich werde nie den selbstgefälligen Ausdruck in ihrem Gesicht vergessen. Nie.«

»Diese hässlichen braunen Katzenjungen – wie kann der Bürgermeister nur einen so auffallend schlechten Geschmack haben?«

»Ich nehme an, sie kommt in der nächsten Minute siegesfreudig herein.«

»Ich habe gar nicht gewusst, dass sie eine Katze hält.«

»Was wirst du ihr jetzt sagen?«

»Ich weiß schon, was ich ihr am liebsten sagen würde. Aber es geht nicht. Wir müssen es hinunterschlucken. Ich werde ihr gratulieren. Jawohl, das tue ich, und von ganzem Herzen. Obwohl ich ihr lieber die Kaffeekanne an den Kopf werfen möchte.«

Es klopfte an der Tür. Miss Flock kam mit dem Tablett ins Zimmer.

»Guten Morgen, Miss Flock.« Marys Stimme war um ein weniges zu heiter und freundlich, dachte Charles.

»Guten Morgen, gnädige Frau. Guten Morgen, Mr Warren. Heute Nachmittag gegen halb fünf wird es wie aus Kübeln regnen.«

Trotz des Wetters beschloss Mary, auf ihr Ziel loszugehen.

»Ein Glück, dass wir einen so schönen Tag für das Fest hatten, nicht wahr?«

»Ja, ich habe mich gut amüsiert. Haben Sie mit Ihrem Dingsrad Geld eingenommen, gnädige Frau?«

Charles hatte den Eindruck, sie war übertrieben höflich mit all diesem gnädige Frau. Sie schwelgte in ihrem Triumph, fand er. Der Pferdefuß würde ohne Zweifel gleich noch kommen.

»Wir haben fünf Pfund und dreizehn Shilling eingenommen.« Und dann fuhr Mary wie beiläufig fort:

»Und was für einen Preis haben Sie gewonnen?«

»Eine Vase. Eine Vase zum Blumenhineintun.«

»Wie hübsch. Ich finde, Miss Flock, Sie haben Ihren Gewinn verdient. Ihre braunen Kätzchen waren bezaubernd.«

Mary trug nicht nur dick auf, stellte Charles fest, sie schnitt auf, dass sich die Balken bogen.

»Pech für Ihre Kätzchen, gnädige Frau – nach all der Mühe, die Sie sich mit dem Seidenfutter im Korb gemacht haben.«

Charles fand, dass nun Miss Flock schauerlich übertrieb.

»Wie lange haben Sie Ihre Katzen schon?«, fragte Mary im Konversationston.

»Oh, ich habe seit über zwei Jahren keine Katzen mehr. Mein Timmy hat mich verlassen. Und ich weiß bis heute nicht, wohin er verschwunden ist. Ich sage immer, er und die Männer müssen irgendetwas gemeinsam haben.«

»Haben Sie die Kätzchen verkauft?«, Charles zwang sich zu der Frage. Der Geschichte von Timmy hatte er nicht zugehört.

»O doch. Schade, dass meine Schwägerin nicht hier sein konnte, nicht wahr? Ich meine, um ihren Preis in Empfang zu nehmen. Deswegen hat sie mich ja gebeten, an ihrer Stelle zu gehen. – Aber jetzt muss ich mich wohl wieder an meine Arbeit machen. Vergessen Sie nicht, Ihre Regenmäntel mitzunehmen, wenn Sie heute Nachmittag ausgehen. Er geht einem auf die Nerven, dieser Regen, nicht wahr?«

Der folgende Freitag sah so aus, als ob er ein arbeitsreicher Tag werden wollte, da Nicholas und Sandra vom Internat zurückerwartet wurden. Mary und Charles wollten nach Weet fahren, um sie abzuholen. Ihr Zug kam um halb fünf an – gerade rechtzeitig für eine ausgiebige Teestunde. Mary hatte umfangreiche Vorbereitungen getroffen, auch einen Kuchen gebacken, den sie eben mit Sahne und Mandelcreme verziert hatte. Das Telefon kligelte und Mary nahm das Gespräch an. »Hallo … Ja, ich erinnere mich gut an Sie, wie geht es Ihnen? … Ja, er arbeitet oben – soll ich? … Ja, kommen Sie nur – kommen Sie auf eine Tasse Kaffee. … Nein, die Kinder treffen erst am späten Nachmittag ein … Schön … Ich freue mich auf Sie. Auf Wiedersehen!«

Mary ging in die Diele und rief nach Charles.

»Es war Diana Luscombe. Sie ist eben bei den Ponsonbys und kommt gleich auf eine Tasse Kaffee vorbei. Komm herunter und sag ihr guten Tag.«

Charles riss die Tür seines Zimmers auf. »Ich will nicht gestört werden«, rief er verdrießlich. »Mir ist es gleich, wer es ist, aber lass sie mir nicht zu nahe kommen.« Und mit einem Knall schloss er die Tür.

Eine halbe Stunde später sah er Diana Luscombes Auto vor der Gartentür vorfahren. Welch eine Störung, immer diese Frauen!, dachte er. Keine käme darauf, einen Mann in seinem Stadtbüro besuchen. Warum also, nur weil er ein Schriftsteller war und zu Hause arbeitete, durfte jeder Dick, Tom, Harry und Diana sein Haus mit einem Kaffeeausschank verwechseln? Konnten sie ihren Kaffee nicht in Weet trinken?

Sie sah sehr elegant aus, stellte Charles nachsinnend fest, sie hatte wohlgeformte Beine – aber das alles machte noch keinen Unterschied. Oder doch? Er sah ihr zu, wie sie die Tür öffnete. Reizende Figur und ausnehmend hübsch – nein, nein, eine Unterbrechung war eine Unterbrechung. Aber er selbst – um ehrlich zu sein – hätte gern eine Tasse Kaffee getrunken. Er legte die Hülle über seine Schreibmaschine und stieg die Treppe hinunter.

»Ich komme, um ein Geständnis abzulegen«, begann Mrs Luscombe.

»Als ich Ihren Roman *Roundhook Farm* gelesen hatte, setzte ich mir fest in den Kopf, die Rolle der Judy Venning zu spielen.«

»Das tut mir aber sehr leid«, sagte Charles. »Aus dem Film ist nämlich nichts geworden.«

»Gerade darauf bezieht sich mein Geständnis«, sagte Diana Luscombe. »Sie wissen, ich komme gerade aus Hollywood zurück. Ich war dort, um die Leute zu überreden, den Film mit mir in der Hauptrolle zu drehen, und sie haben zugestimmt.«

Bevor Charles ein Wort sagen konnte, klingelte schon wieder das Telefon. Er griff zum Hörer.

»Ja, ich bin's.« Er wandte sich Mary zu: »Es ist Nick.«

»Kann ich von oben zuhören?« Und sie rannte aus dem Zimmer.

»Sind Sie es, Charles?«, fragte Nicks Stimme. »Ich habe gute Nachrichten für Sie.«

»Ich weiß. Mrs Luscombe ist bei uns. Sie hat es gerade erzählt.«

»Also, hören Sie zu, denn ich setze jetzt den Vertrag auf. Nach all dem Ärger und all der Enttäuschung, die sie Ihnen zugefügt haben, dachte ich mir, ich sollte die Summe etwas hochsetzen.«

»Wenn Sie das tun, geht alles wieder schief.«

»Nein, das geschieht nicht, weil sie schon zugestimmt haben.«

»Mein Gott, wozu?«

»Zwanzigtausend. Und Sie schreiben das Drehbuch. Seien Sie also sehr nett zu Mrs Luscombe. Sie ist für alles verantwortlich.«

»Beim Zeus, das tue ich.«

Mary kam die Treppe heruntergerast. Als Charles auflegte, schlang sie die Arme um Dianas Hals.

»Aber warum haben Sie uns nicht gesagt, dass Sie nach Hollywood gehen?«

»Wenn ich nichts erreicht hätte, wäre es nur wieder eine Enttäuschung gewesen.«

Charles küsste sie leidenschaftlich, als sie eine Stunde später ins Auto stieg. Er gehörte zu der Sorte von Autoren, die sich stets genau an das halten, was ihnen ihr Agent rät.

Den Arm um Marys Schulter gelegt, beobachtete er das Auto, bis es hinter der nächsten Kurve verschwand.

»Zwanzigtausend Pfund«, murmelte er. »Liebste, jetzt kannst du haben, was du willst. Ferien in Spanien – ein neues Auto – alles.«

»Es gibt nur eines, was ich will.« Sie nahm sein Gesicht zwischen die Hände und küsste ihn, wobei sie vorsichtig den Spuren von Dianas Lippenstift auswich.

»Lass mich die Kätzchen behalten. Darf ich, Liebster? Du kannst sie dir doch jetzt leisten.«

»Würdest du wohl Tondalao vom Lenkrad nehmen?«, fragte Charles, als er am Nachmittag Mary zum Bahnhof fuhr.

»Es ist nicht Tondalao, es ist Tarquinio.«

»Es ist mir gleich, welcher es ist. Nimm ihn weg!«

Mary nahm das Kätzchen vom Lenkrad. Auf den hinteren Sitzen saßen bolzengerade Ting, Thai, Tootoo und Tania. Auf dem Boden unter dem Armaturenbrett, auf den Lehnen der Vordersitze, im offenen Handschuhfach und unter Charles' Füßen – überall quirlten die sieben Kätzchen durcheinander.

»Nimm doch die Katzen weg, Mary. So kann ich nicht fahren.«

»Sie sind so lieb und süß«, schnurrte Mary.

»Geh aus meinem Hosenbein, verdammtes Biest!«, fauchte Charles, indem er den Fuß vom Gaspedal nahm und sein Bein wild schlenkerte.

»Das ist nicht die rechte Art, vor den Kindern zu sprechen«, erklang eine würdige Stimme vom Rücksitz.

»Was hat Ting gesagt?«, fragte Charles.

»Er hat gesagt: *Das ist nicht die rechte Art, vor den Kindern zu sprechen.* Hast du das nicht verstanden? Es ist wirklich nur eine Sache des sorgfältigen Zuhörens und des rechten Gebrauchs der Intelligenz.«

»Sie ist ein liebes Ding, bloß zuweilen ein bisschen naiv«, sagte Tootoo zu den anderen. Dann begann er, Tanias Ohren abzulecken.

Er war ein liebevoller kleiner Kater.

# Der berühmte englische Katzen-Klassiker von 1823 als zweisprachige Erstausgabe

*Das hinreißend illustrierte Katzenbüchlein bezaubert seit 185 Jahren englische Katzenliebhaber. Mit mehr als einem humorvollen Augenzwinkern erzählt eine fröhliche neunzigjährige Dame von den Abenteuern ihrer liebenswerten Katzenschar.*

**Dame Wiggins und ihre sieben wunderbaren Katzen**

Deutsch/Englisch,
32 Seiten,
durchgeh. farbig illustriert
Halbleinen, fadengeheftet, 2009
ISBN 978-3-86671-053-5

*»Katzenfreunde werden an den teils lustigen, teils halsbrecherischen Geschichten der alten Frau Wiggins und ihrer sieben Katzen ihre Freude haben.«* Oberhess. Presse

*»Die sieben Miezen schaffen es immer wieder, ihre Besitzerin – und die Leser – in Erstaunen und Entzücken zu versetzen. Bestimmt werden auch Sie sich in dieses Büchlein verlieben – so wie wir hier in der Redaktion.«* Geliebte Katze

Als wir nach Hause kamen, stand vor der Tür ein Korb mit einem schwarzen Kätzchen …

Simon Carmiggelt

**Die geschenkte Katze**

96 Seiten, Hardcover
Oktober 2009
ISBN 978-3-86671-067-2

Simon Carmiggelt erzählt mit liebenswerter Selbstironie, wie er vom mysteriösen Geschenk eines Kätzchens überrascht wird und versucht, sich auf kätzische Eigenheiten einzustellen. Das wird ihm nicht leicht gemacht, in der Tierschutzwoche muss er sogar die empörte Hausmaus gegen Übergriffe verteidigen!

# Der hinreißende Katzen-Klassiker von Paul Gallico

Paul Gallico

**Miau sagt mehr als tausend Worte**

128 Seiten
Hardcover 2009
ISBN 978-3-86671-057-3

*Wie man eine menschliche Familie erobert, sie dominiert und es sich gut gehen lässt. Ein Ratgeber für Katzen und Katzenfreunde, aus dem »Felinen« übersetzt.*